採蔘人．傳奇

小紅與小綠

海德薇　著．Kelly 繪

目次
CONTENTS

楔子

老太婆守著這片山頭，已經不曉得幾百年。

她的滿頭白髮，比終年不化的積雪還白；她的一臉皺紋，複雜更勝老樹年輪。

老太婆已經非常非常老了，佝僂身影終日佇立於老屋之前，炯炯目光，定定遙望，日復一日地等待……

等待那個會唱「一盆炭，兩盆火，太陽出來晒晒我」的男孩。

第一部　夏

第一章　朋友

小紅盤腿坐在美人松林裡最高的那棵樹下，一會兒拔尖嗓子，一會兒壓低音量，一人分飾三角正玩著扮家家酒。

「兒啊，快來吃剛蒸好的小豆高粱米飯。」

「母親，這飯好香，請父親也嚐嚐？」

「好好好，我兒真是孝順。」

她拿芭蕉葉當碗盤，野花和碾碎的草屑是蔥拌蘑菇，摻了種子的散砂則是小豆高粱米飯，森林裡俯拾即是的石頭、枝葉和小蟲子，通通成為遊戲的素材。

在小紅馳騁的想像力中，位於河谷旁的松樹林有時是獵場，有時是她和小動物玩躲迷藏的地方，今天則是她的大廚房。

「再來點松仁餅好了。」小紅自言自語。

她撿來一片扁平石礫，像刮痧似地將樹根附近的泥土耙鬆，嬌小身軀因為用力而前後搖晃，掛在腦後的兩條麻花辮也跟著震盪。接著，她模仿母親和麵的動作，將乾土加入溪水攪拌成泥，再壓成一個個扁圓的泥餅。

小豆高粱米飯和松仁餅可不是尋常日子裡的食物，而是辦喜事才吃得到的珍饈。她邊捏餅邊哼起了歌，經年累月承受山風吹拂的雙頰更是酡紅，猶如外皮結了層霜的凍蘋果。

「父親、母親，請享用。」小紅以清亮稚嫩的嗓音，畢恭畢敬地對著空氣說話。某一個剎那，小紅彷彿聽見空氣回答，也許是她親手為砂飯泥餅灌注了靈魂，它們因而有了香氣……

這片歲久年深的美人松林正是如此神奇，風起時濃蔭波濤起伏，彷若一片幽靜遠洋，樹梢則相互摩挲，傳頌著長白山的故事。

位於大陸東北邊緣的長白山上終年積雪，短暫的夏季難敵冷峭嚴寒的綿長冬日，由於生活不易，一年到頭難得見到一個外人，也只有少數幾戶世代靠山吃飯的山民散居於此。

山民以黃米和小米為主食，幾乎餐餐都吃黃米做成的黏豆包，具有黏性的糧食能增加飽足感，方便應付山中耗費體能的活動，如狩獵、砍柴、耕田和放機關等，在冰天雪地裡也易於保存。

小紅一家世代居住的老木屋孤零零地搭在半山腰，放眼望去只見樹林綿延不絕，好比一條愈織愈長的綠絨布，而褐色的老屋則是偶然漏掉的一針，不仔細找根本看不見。

其他山民則彼此住得近些，形成一個散居的小村子，離小紅家大概三公里遠。最常與他們往來走動的是住在村尾的源源叔和金鳳嬸，可惜他們倆膝下無子，小紅又是獨生女，自然沒有年齡相仿的玩伴，平常只能自己一人玩。

美人松林是小紅固定玩耍的地方，為了不讓母親擔心，小紅沒敢跑太遠，松林距離她家的老木屋只有三百步路，泥土小徑直達家門牌樓。況且松林也特別安全，柔軟的野草和豐厚松針宛如一張地毯，任由小紅奔跑、打滾；錯落有致的筆直樹幹則好似一群站崗的衛兵，身穿豔黃盔甲看顧著小女孩。

至於隻身一人，反正小紅也習慣了，也許正因如此，她才能與小動物交上朋友。有時候小紅會和小白兔以及梅花鹿一起玩，牠們倆很有靈性，彷彿知道什麼人心思單純，什麼人不懷好意，而體型與一頭小鹿相仿，又願意爬上樹椏高處替白兔摘取嫩芽的女孩，理所當然被視為牠們的一份子。

不過，今天小紅等了好久好久，始終不見小白兔和梅花鹿的蹤影，只好獨自消磨時間。

要是能有個玩伴多好哇！小紅打從心底渴望有個小弟弟或小妹妹，自己玩扮家家酒實在太寂寞了。如果能有弟妹，小紅要給他起名為「喜鵲」或「餑餑」，以喜愛的事物或者日子命名，一如父親的名字是「大石」，母親的名字是「四月」。

然後小紅要把小白兔和梅花鹿介紹給他，還要帶他漫山遍野地跑，教他玩捉迷藏和打水漂。

想到這裡，小紅頓覺家家酒索然無味，她以剩下的溪水將手洗淨，甩乾時的姿態小心翼翼，深怕濺起了渾水，弄髒自己的袖子和衣襟。

身上這襲胭脂紅的布衫與棉褲，可是小紅八歲生日時，四月特意做的呢！四月以曬乾的紅花製成染劑，將親手織成的料子染出均勻漂亮的紅色，小紅天天穿在身上，覺得自己好似向晚的雲霞，更勝嬌豔的鮮花。

近一年來，儘管袖口早已磨破，膝蓋也補過兩次，鮮活的顏色更在反覆洗滌下被溪水帶走了，小紅依然十分喜歡，片刻也捨不得脫下。

現在小紅正是長個子的年紀，整件衣服都嫌小了，長褲穿成九分褲，肩線像捆臘肉似的綳在身上，她暗自盤算，等到夏末她滿九歲時，就要央求母親再做一件。

忽地前方草尖顫動，蓊鬱樹叢中掠過一抹雪白。

「小兔子？」小紅欣喜的目光追逐殘影。

應該是小白兔沒錯，可是，牠今天沒有主動靠近小紅，沒有拿兩條前腳搭著小紅的小腿肚，對她藏起的手投以企盼目光，實在很不尋常。

「是我啊！」小紅低喊。

小白兔雙耳緊貼後背，撒腿狂奔而去，指爪揚起塵埃，猶如一陣稍縱即逝的白煙，像是在躲避什麼，一下子就不見了。

小紅蹙起眉頭，腦子裡塞滿困惑，還來不及細想，小紅的雙腿兀自動作起來，她快步衝過草地尾隨而上。

小白兔以逃命之姿竄入茂密的灌木林，小紅循著牠奔跑的方向緊跟在後，憑藉搖擺不定的草枝和遭受驚嚇的蟋蟀等小小騷動，鍥而不捨地追蹤她的友人。

大石常誇她像是隻善於辨認方位和搜索目標的獵犬，搞不好能夠繼承家業。小紅抬腿跨過倒下的枯木，矮身鑽過橫亙的枝椏，俐落身手媲美靈巧的梅花鹿，她愈跑愈起勁，好似在和小白兔比賽耐力。

枯枝和砂礫被踢飛開來，美人松林被遠遠地拋在身後，小紅太過專注於眼前，她孜孜不倦地追尋著一團白色，每當瞥見一小片耳朵，或是一小撮尾巴，就彷若受到了莫大的鼓勵，又繼續加快腳步，以致於沒有意識到自己正往高處走。

「啊！」

直到小紅腳底滑了一下，被一塊滿佈青苔的石頭耽擱住了，才發現自己不小心違背了母親的吩咐。

「別往深山野林裡去，山裡的動物若是活得太久，便會修煉成為精怪，幻化人形樣貌，趁機拐走小孩，把孩童連皮帶骨給吃了！」四月曾千叮嚀萬交代。

小紅重新穩住身子，驚覺四周景色驟變，不知何時，原本溫暖的稀疏林地已經變成另一種樣貌——樹木更加密集，林間更加幽暗，溫度更加濕冷，空氣也更加稀薄……

這裡的每一棵樹都擁有上千歲的年紀，陽光幾乎無法穿透林隙。父親說過，那些連他們一家三口張開雙臂都無法環抱的樹幹，可比小紅的爺爺、甚至爺爺的爺爺都還要老，在太爺爺們出生以前，就站在山頭上屹立不搖。

涼意悄然爬上背脊，小紅暗想，莫非這兒就是精怪出沒的深山老林嗎？

凡是山民都曉得，熟悉的林子好比後花園，陌生的莽叢能吃人。廣袤無垠的長白山上有瘴癘也有猛獸，若沒有豐富的經驗和充足的準備，鮮少有山民願意往未曾聽聞的地方走。

這也是四月要求小紅只能在美人松林玩耍的原因之一，要是被四月知道她跑遠了，回頭肯定罰她不准吃飯。

關於動物幻化為精怪，在夜裡偷小孩子的故事，小紅已經聽了無數次。四月駭人的語氣常常嚇得她睡不著，沒想到這回是她自己闖進了惡夢裡。

既然追丟了小白兔，小紅只好左顧右盼，尋找回頭的路。她認出身旁的老樹是一種生長於高處邊坡的雲冷杉，對於陽光、水氣與生命，比松樹更加飢渴。所以，她判斷自己應當要往低處走。

沒有考慮太久，小紅即刻邁出步伐，每一步都小心翼翼，避免被盤根錯節的樹根和青苔包覆的岩石絆倒，她可不想帶著傷回家挨罵。

「唉呀……」小紅走得膽顫心驚。

她不想自己嚇自己，但腳下凹凸不平的泥土確實很像巨人鼓起的血脈和肌理，一想到自己的處境，小紅忍不住打了個哆嗦。

這時，雲冷杉林似乎又更安靜了。

「咕嚕嚕……」

突如其來的怪聲嚇得小紅渾身為之一震，她急忙摀住自己的嘴，把衝上喉頭的尖叫硬是壓了下去。

小紅一動也不敢亂動，更不敢貿然逃跑。她強迫自己冷靜下來，接著轉念一想，也許她只是誤闖了某種動物的地盤。

大石曾對她說過，在山中務必保持冷靜，尤其在面對危險時，絕不能洩漏驚慌情緒。當掠食動物看出獵物的畏縮，急於征服的利齒便會毫不留情地撕開對方的喉嚨。

「咕嚕嚕、咕嚕嚕……」

小紅屏息傾聽，似是從中聽出了端倪。

那是動物鳴叫沒錯，不過，與其說是示警，不如說那蘊含悲傷和驚嚇的壓抑聲線像是啜泣。

憐憫之心使然，小紅鼓足勇氣走向聲音來源，但也許是陌生的氣味和沉重的步伐驚擾了對方，讓牠遭受驚嚇，頃刻間叫聲戛然而止。

小紅只好在附近兜圈子，她一邊踱步，一邊擔心起小白兔來，心想該不會是小白兔受傷了吧？真希望自己能幫幫牠……

就在這念頭滑過腦海的同時，有叢黑呼呼的草堆抽動了一下。

小紅倏地止步，她揉揉眼睛，懷疑自己眼花了，在附近轉了老半天，她不記得這上下左右全是綠色的森林裡，竟生了黑色的花朵！

她躡手躡腳地靠過去，瞇起眼睛仔細一瞧，這才看清是隻野貓大小的紫貂。

不是妖怪，小紅鬆了口氣，八成是紫貂匍匐在樹根後方的陰影裡，所以一開始沒能看見，反正絕不可能是憑空出現。

「你還好嗎？」小紅柔聲問道。

紫貂通體包覆著豐厚柔軟的黑褐色毛皮，胸前則是一小片白毛，活像穿了條白肚兜，看不出任何外傷。可是牠一定很痛，因為牠那雙骨碌碌的眼睛滿懷憂傷，兩道白眉毛也痛苦地糾結在一起。

「你好像很不舒服？別怕，我是小白兔和梅花鹿的好朋友，你有什麼需要幫忙的，都可以跟我說喔。」小紅微微彎腰，傾身向紫貂說道。

「咕嚕嚕——」斷續的呢喃延長為成串悲鳴。

彷若聽得懂人話似的，紫貂居然把藏在身下的右前腳伸了出來。原來，紫貂腳掌上緊緊纏著一條黃色細麻繩，患部還滲出些微血跡，繩子化身為飢腸轆轆的蛇，拚命囓咬牠的皮肉。

小紅在牠跟前蹲下，答案昭然若揭。她看過源源叔放機關，也曉得在林間行走要小心避開陷阱。小紅猜測紫貂必定是誤踩機關，又自行咬斷用來固定支架的繩子，得到逃跑活命的機會，可惜牠解不開剩下的半個枷鎖，只好一路拖著它走。

「讓我幫你解開吧？父親常誇我有一雙巧手，會餵雞，會洗衣，還會幫母親淘米做黏豆包呢！」小紅說。

紫貂閉上眼睛，含淚的睫毛微微顫動。

「你好乖喔。」小紅動作輕柔，三兩下便取下細繩，「好了！」她對牠微笑。

「呼嚕？」紫貂睜大渾圓晶亮的眼珠，小嘴淺淺地咧開，還點了點頭。

「不客氣，下次小心點。」小紅向牠揮揮手。

隨後，紫貂轉過身去，慢吞吞地走開，漆黑身影沒入樹林邊緣，與幽暗融為一體。

小紅目送牠離去時愉快地想著，紫貂又能走路了，而且牠的右前腿只有一點點跛而已。

「嘿，妳人真好，行善會有福報的。」背後傳來的聲音說。

小紅驀地回頭，「是誰？」

幾尺之外，如夢似幻的金光篩過樹梢，形成瀰漫金粉的光束，光線撒落在說話的人身上，讓他看起來像是光芒與樹葉交織而成的朦朧人影。

「我看見妳替紫貂解圍，妳平時一定很喜歡動物，能輕易和牠們打成一片，所以牠們才願意信任妳。」對方走出耀眼的光線下，原來是個男孩。

男孩的年紀與小紅相仿，身高也不相上下，他有張和善的圓臉，臉上盈滿的笑意讓人如沐春風，給人脾氣很好的感覺。

「喔……謝謝。」小紅對陌生男孩說。

她好奇地打量對方，目光立刻被男孩一身鮮脆的綠色吸引，從他頭上戴的罩耳皮帽，至成套的青綠色衣褲，全是初吐嫩芽的青綠色。她想要問問男孩是用什麼植物染出來的？好給母親也摘一些。

小紅還注意到男孩的衣擺和袖口飾有流蘇，做工相當精巧細緻，一陣清風拂來，流蘇擺動的活潑姿態猶如迎風搖曳的稻穗，讓小紅不禁看傻了眼。

「我們一起玩吧？」男孩說。

「可是我又不認識你。」小紅回答。

「一起玩，不就認識了嗎？」男孩開懷大笑，從彎彎的眼眉到翹起的嘴角都洋溢著溫暖的感染力，眨眼間融化了小紅心中的芥蒂。

「這樣說好像也沒錯啦。」小紅嘟噥。

「我們可以交個朋友啊。」男孩笑著掰起手指說：「比起自己一個人玩，妳和我能夠比賽爬樹、跑步，或是看誰水漂打得遠，兩人玩的遊戲多著呢。」

「朋友啊……」小紅怔怔地望著男孩，「朋友」這個字眼對她而言太陌生了。

「對啊，就是平時一塊兒打發時間，偶爾吵架，馬上又會和好的那種關係。你不想當我的朋友嗎？」男孩問。

「想！」小紅脫口而出。

她瞪大雙眼，小臉因興奮而漲紅，她老早就想要有個玩伴了，這下子她可以把小白兔和梅花鹿介紹給她的新朋友，扮家家酒的時候，她會讓新朋友當父親，她則充當母親，小兔和小鹿就是他們的兩個小孩……

然而，緊接著她又想起母親的叮囑，於是問道：「上哪兒去玩？會不會耽擱很久？我已經離家太遠了。」

「我知道有個地方景色美麗極了，草地上還長了許多薔薇，結的果子滋味又酸又甜，連喜鵲和啄木鳥都搶著吃呢！就在前面不遠處。」男孩說。

「薔薇果很稀罕呢。」小紅嚥下口水，頓覺齒頰生津。

「不稀罕，遍地都是。走吧！」男孩自然而然牽起小紅的手：「對了，妳叫什麼名字？」

「我叫小紅。」小紅的心跳頓如鼓擊。

「哇，跟秋日裡的色木槭一樣，紅豔豔，真是個好名字！」男孩說。

「我母親最喜歡的樹就是色木槭，她曾經向老把頭祈禱，希望腹中胎兒在色木槭換上紅豔的秋衣時出生。沒想到我太淘氣，提早在滿樹綠葉的盛夏報到了，讓母親失望了好一陣子。」小紅止不住微笑。

「夏天好，我最喜歡夏天。」

「不過母親左思右想，還是決定叫我小紅。」

「所以妳本該名喚小青，或是白芍花？」

「沒關係，落日是紅的，薔薇果也是紅的，我最喜歡紅色了。」小紅不好意思地拉拉辮子，「那你的名字是什麼？」

男孩告訴她：「說來真巧，我叫小綠，我們天生註定要當朋友。」

「真的？」

「真的。」

男孩與女孩相視而笑，他們倆手牽著手，穿越崎嶇難行的雲冷杉林。

前方坡地開始趨於平緩，空氣也變得比較乾燥暖和，森林裡吱吱喳喳的鳥兒讓環境變得吵鬧。依據日照的方位，小紅判斷他們正往西邊行進。

雖然不清楚確切的目的地，但小紅並不感到害怕，小綠溫柔的牽引成為小紅安定心神的仙丹妙藥。小綠說他住在更高的地方，對這片山頭再熟悉不過，而她信任小綠。

小綠是她的朋友，而朋友是不會害人的。

朋友是當你為了生計，冒著危險放山時，願意加入拉幫、陪你出生入死的夥伴。朋友也是當你臨盆痛得死去活來，幫著從股腹中拖出嬰兒、剪斷臍帶的密友。就像父親和源源叔、母親和金鳳嬸一樣。

現在，小紅也有自己的朋友了。

「到啦！」小綠替小紅開道，壓下一條枝椏，兩人並肩步入一座綠意盎然的紅松林。

比起美人松兀自矗立的孤傲，茂密的紅松顯得平易近人得多，它的樹枝較低，朝四面八方拓展而開，樹冠也更為龐大且廣闊，枝頭與枝頭相互連接，就像不分你我、熱情地擁抱彼此一樣。

小紅抬眼，只見豐厚的林蔭形成一道天然的簾幕，交互錯落的枝葉好似一頂帳子，她不由得發出讚嘆。

接著小紅在樹林中央停下腳步，訝異地發現周圍的一圈紅松竟繞著她腳下的草地生長，那模樣猶如每棵樹都搭著隔壁樹木的肩，有志一同地面向中心點站立，迎著篝火談天說地一樣。

「這裡簡直像是祕密基地嘛。」小紅說。

「對呀，這裡是我的『祕密藏身地』，不可以告訴別人唷，免得果子都給摘光啦。」小綠說。

「哇，好多花啊！」小紅欣喜地在草地上來回奔跑。

這片生機蓬勃的草地上長滿了木賊、林奈草和蕨類，無數昆蟲藏身其間。同時，這裡也開滿了數不清的花朵，放眼望去薔薇、山茶、梔子、杓蘭競相爭妍。最奇特的是，好像一場盛大的選美比賽一般，每朵花都盡心盡力呈現出最為奔放的姿態，它們怒綻花瓣，以甜美的蜜汁迎接熙來攘往的蜜蜂和蝴蝶。

小紅忽然能夠理解，為何小綠稱呼這裡為「藏身地」了。明明是熱鬧繽紛的夏季，眼前百花盛開的景致卻像春天，而馨寧恬靜的氛圍又像是萬物沉睡的冬季。小紅覺得他們彷彿穿過一層透明無色的牆，來到一處與世隔絕的仙境。

「咦？杜鵑的花季不是早過了嗎？啊，我以為梔子花不會生在這麼高的地方呢。」小紅不斷驚奇地喊叫著。

「誰說的？山神老爺對長白山可好的呢！」小綠採下一把薔薇果遞給小紅。

「通通給我？你不吃嗎？」

「我無所謂，反正有的是機會。」

小紅接下鮮豔欲滴的薔薇果，整把塞進嘴裡，咀嚼起酸甜可口的果肉，同時也品嚐著擁有友誼的奇妙感受。

這天剩下的時間裡，兩個孩子在林子裡又是捉迷藏又是爬樹的，累了就坐下來休息聊天，餓了渴了就摘薔薇果吃，渾然不覺於光陰的流逝。

小紅從來沒有那麼快樂過，直到西下的太陽幻化為熊熊燃燒的烈焰，晚霞從山腰間溢出，朝松樹林撲天蓋地而來，小紅才驚覺早已過了與母親約定回家的時間。

「糟糕，我還得幫忙做晚飯呢。」小紅腦海中浮現母親眉頭緊蹙的神情，急得唇色蒼白：「母親肯定擔心死了！讓父母操心，我真是不孝。」

見小紅泫然欲泣，小綠連忙安撫：「別慌，我們馬上動身，你住哪兒？」

「從那棵最高的美人松朝東走三百步，有一間又漂亮又結實的老木屋，那兒就是我家了。」

「走吧，我知道一條捷徑。」

小綠再度牽起小紅的手，態度堅定而自信，彷彿他面前有張展開的隱形地圖，指引出每一條密道和小路，但憑直覺，就能清楚知道何時該繼續往前，何時則該轉彎。

說來奇怪，果真如小綠所言，回程的路比去程短了許多，不消片刻，小紅和小綠便回到美人松林中央的那棵樹下。

「到啦，快回去吧。」小綠輕輕捏了小紅的手一下，然後鬆開。

「那你呢？」小紅依依不捨地問。

「別擔心，我知道自己回家的路。」小綠柔聲回答。

「明天我們再一起玩，行嗎？」小紅問。

「當然行啊。」小綠眉開眼笑地說：「明天中午美人松下見，我們去溪邊抓小蝦。」

「嗯，一言為定。」小紅點頭。

約定好以後，小紅終於心甘情願地衝上泥土小徑，拔足往家門方向狂奔。

雖然和小綠相互道別了，小紅仍心繫於新朋友身上，她愈跑愈開心，臉上藏不住的笑意也逐漸擴大。等到上氣不接下氣的小紅衝過屋前牌樓時，後腦上蹦跳的髮辮已經鬆開，也把原本打算討教染料的事情給忘得一乾二淨。

第二章 家

圓木相互嵌合而成的老屋，已經在山腰上佇立了好幾百年，甚至比長白山上部分年輕的樹木還要老。

為了因應高山氣候，長方形的老屋被分隔為三間，中央有門，是設灶煮飯的廚間，又稱堂屋。為防避北方颳來的勁風瑞雪，所以門窗向南開，格局有如一口囊袋。

堂屋將左右敞屋一分為二，右手邊是東屋燃燒柴薪的東屋，左手邊是三面環繞土圍炕的西屋。西屋裡磚、坯製成的炕與煙道、爐灶和煙囪相連，炕上鋪以蘆席，南炕由長輩居住，北炕是晚輩休憩的地方，西炕多擺置祖宗匣。

屋外院落寬敞，院門出入口設有斜頂門樓，周遭圍以木柵矮牆。院子中央則有一座三尺高的石頭影壁，影壁後方是神龕，側面處並立有一支敬神用的神桿。

小紅家的老屋究竟是誰蓋的，早已說不清了。只知道它憑藉驚人的毅力駐守原地，熬過無數個大雪紛飛的冬天，它的門栓在長期使用下磨得黝黑發亮，宛若溪水沖刷的鵝卵石，窗櫺也滿是歲月雕鑿的痕跡，窗紙更因破損而換過不曉得幾次。

小紅的祖先在老屋呱呱墜地，以洪亮的啼哭劃破山中寂靜，也在屋內油盡燈枯，將世代相傳的放山本領授與後人。

小紅打從心底相信，這屋子好比林子裡最昂然俊秀的美人松，堅不可摧、屹立不搖，屋內永遠保持舒適乾燥，油燈的光亮會趕跑黑暗，灶坑中永遠備有充足的柴火，炕床能暖著她冰冷的小腳。

可是今天的老屋不一樣。

今天的老屋，等待小紅的是前所未見的黑暗，以及前所未聞的寂靜。

明明是一天當中爐灶最為熱鬧的時刻，老屋竟一反常態地悄然無息。煙囪沒有冒出熱氣，室內沒有點燃燭火，雖然窗門敞開，四周空氣卻滯鬱沉悶，這份死寂令老屋好似無人居住的廢墟。

夕陽餘暉逐漸褪去，深藍色天幕籠罩大地，院落矮牆內，影壁投下的陰暗幾乎吞噬老屋，讓矗立一旁的神龕與神桿也跟著融入漆黑。少了燈火的指引，暮色中小紅差點認不出自己的家。

「母親？」小紅站在門邊往屋裡探頭，訥訥地出聲：「我回來了？」

屋內沒有回應。

按照慣例，這時的母親若不是在燒飯，就是在擺碗筷。怎麼會不在家呢？不過同樣按照慣例，這時的小紅也應當在灶台邊上幫忙才對。所以凡事總有例外。

所以，母親是因為太過憂慮，乾脆出門尋她去了？

懊悔如一條厚實的掛襖，將小紅包得密不透風，而且還愈束愈緊。她繞著屋子走了一圈，站在窗邊向內窺視，無論是煮飯的堂屋、右側燒柴的東屋還是左側睡覺的西屋都沒有動靜，糧倉更是靜得嚇人。

前庭後院都找過了，寂靜佔領了整個院落，最後，小紅只能回到屋前，扯著嗓子絕望大喊：「母親！」

只見前方濃得化不開的幽暗之中，某個形體動了一動。

小紅鼓起勇氣邁入堂屋，摸黑走了兩三步，待身體慢慢找回視線，漸漸適應黑暗以後，果然看見身穿靛藍色布衣的母親獨自坐在桌邊，雙手擱在腿上，宛若一尊僵硬的石雕。

小紅恍然大悟，原來母親不是不在家，只是不想跟她說話。

躊躇了一陣，小紅囁嚅：「對不起，我晚歸了。」

四月對小紅視若無睹，對呼喊也充耳不聞，她低著頭，目光與髮絲都向下垂落。不在家和不理她，小紅不知道哪個比較不好。

桌上已經擺好飯菜，有一盤黏豆包、兩座分別堆成小山的蘿蔔乾和蒜茄子。小紅望著兩疊鹹菜，忍不住想像起蘿蔔乾甜美爽脆的滋味和蒜茄子軟嫩辛辣的口感，她的舌下冒出汩汩唾液，肚子也跟著咕嚕嚕叫了起來，彷彿體內有隻嗷嗷待哺的雛鳥。

「母親，您吃過了嗎？」

每一道菜餚都相當完整，絲毫沒被動過，接著，小紅注意到桌上只擺了一副碗筷。

這時，四月彷如大夢初醒，她默默抬起頭來，緩緩點亮油燈。光明大作的剎那，四月眼底流露的慍色也明白顯現出來，眉宇間深刻的皺紋是終日煩惱憂慮所刻下的愁苦痕跡，她交叉的十指擱在空碗前，臉上抑鬱的怒氣就像山頭徘徊不去的風雪。

「妳還曉得要回來？」四月凌厲的語氣猶如一條憑空揮來的鞭子。

小紅瑟縮著身子，嗚咽一聲道：「母親，我知道錯了。」

四月瞪著她，以慣有的低沉嗓音責備道：「瞧妳渾身髒兮兮，活像個野丫頭，我含辛茹苦將妳拉拔長大，就是讓妳變成個野丫頭嗎？」

「不是。」小紅慌張扯去髮梢的枯葉，理了理蓬亂的髮絲，「下次不敢了。」

「還有下次？說不定下次，妳就給黑蛇妖抓去吃掉了！」四月惱怒地問：「妳可還記得我們的約定？」

「記得。」

「說說看。」

「每隔一陣子，我就該鼓足了氣喊您一聲，您要是聽見了就會回答，這樣的話，就知道我沒有跑得太遠。」小紅低聲下氣地回答。

為了避免貪玩的小紅跑得太遠而迷路，母女倆約好了，她只能在離家不遠的美人松林嬉戲，如此一來，母親只要站在家門口喊她的名字，山谷傳來的回音便能領著她返家。

「妳沒忘記嘛，看來妳是故意忤逆我囉？」

小紅的心漏跳一拍，她扯著辮子，不知該如何是好，只能暗自期望父親快點回家。

「打從今天太陽西行以後，我就沒能安心片刻，我沒辦法不胡思亂想，擔憂自己的孩子是不是遇到危險了。山裡的孩子難養，跌進山溝、碰上毒蛇都是常有的事，很可能只是在門前玩耍，就給豺狼虎豹給叼去吃掉。」四月斂起眼眉。

「人家一點都不好吃啊。」小紅說。

「世事難預料，我已經說過很多次，動物活久了就會變成精怪，有辦法幻化人形，在牠們眼中，白白胖胖的小孩子是最營養的補品。我把妳養大，可不是要拿去餵黑蛇妖的！」四月咬牙道。

小紅不敢吭氣，心知這回自己麻煩大了！

無論男女老幼，「黑蛇妖」這三字令人聞之色變，牠就像長白山頂終年不化的積雪般，長年侵擾居民們的生活。關於黑蛇妖的故事，小紅早已倒背如流……

在山脈高聳綿延的長白山上，總共矗立著十六座山峰。形似龍首的「龍頭山」、猶如一頂帽子的「帽兒山」、傳聞有神仙出沒的「神仙山」，以及微微向下勾起的「鷹嘴峰」。山上蒼松翠柏、黃楊白樺連蔭成片，各地美景皆有所長。

然而，長白山上最神祕的地方，莫過於被群峰圍繞於中央的廣褒水池——天池了。

傳言說天池比一座森林還要遼闊，清澈的池水比天空更為湛藍，周圍的十六座山峰猶如十六位昂然而立的勇士，並肩守護這顆輝映星月的燦然寶珠。若是你心地夠好，和池子有緣，沒有被風吹落山谷，也沒有被滂沱暴雨阻隔，便能在晴朗的日子裡一窺天池風采。

由於天池位於直達天際的山頂，隨時準備接引天仙下凡，四周又長滿了冰凌花、淡泊花、紫囊、青黛、野丁香、芍藥、靈芝草、天麻等奇花異草，所以這麼一座「天仙之池」，便被命名為「天池」。

可惜的是，據說天池已被黑蛇妖霸地為王，那蛇妖本來只是隻黑色的小蛇，因緣際會來到了天池畔，鎮日飲池水、嚐仙草，久而久之修煉為一條能施法術的蛇妖，就連神仙也拿牠莫可奈何。

黑蛇妖漸漸吃膩了飛禽走獸，山中動物再也無法滿足牠的胃口，於是黑蛇妖把腦筋動到孩童身上，牠偷偷離開山頂，幻化為賣貨郎、樵夫或獵戶的相貌，藉機拐騙小孩。

大人總是告誡孩子，若在山裡巧遇陌生人，一定要保持戒心，免得被黑蛇妖抓走。可是想對付黑蛇妖沒那麼容易，吃不到小孩，黑蛇妖便開始興風作浪，一會兒故意擋著天池，不讓湖水順著河口流洩，想令山民乾渴而死；一會兒又在天池裡拚命打滾，讓山中溪水暴漲，導致山洪爆發，想把山民給淹死。

黑蛇妖是人們心中揮之不去的恐懼，大人說給小孩聽，兄姊說給弟妹聽，久而久之，山民們更是不停說起牠的名字。

兒女不乖巧，大人會拿黑蛇妖來嚇唬小孩；庄稼長不好，大人也拿黑蛇妖來咒罵一通；就連夜裡入睡前，人們也會在枕畔竊竊私語著黑蛇妖的所作所為。牠是山民力圖對抗的敵人，與生活密不可分。

「不只一次告訴妳，別跑遠、別跑遠。妳父親不在家，屋裡沒個男人，我們更要小心。」四月把臉埋進掌心：「妳我母女二人，一個是手無縛雞之力的女子，一個是細皮嫩肉的小孩，屋外有太多猛獸精怪，防不勝防哪！」

「女兒明白母親的顧慮。」小紅滿懷歉意地說。

「我也懶得罵妳了，妳倒是說說看，白天跑哪兒去了？」四月問。

「這……」小紅苦著臉，好似吞了一把黃連。

她猶豫著不知該不該承認自己離開了美人松林，萬一四月追問她去了哪裡怎麼辦？那不就得把小綠的祕密藏身地供出來？

小紅緊擰著衣袖，良心搖擺不定，天秤兩側的一邊是出賣小綠、討好母親，另一邊則是保護小綠卻惹怒母親，兩種選擇她都不喜歡，卻又無能為力。

「怎麼不說話？」四月徵詢的語氣轉為失望，眉間皺痕更深邃了。

這時，小紅的肚子不爭氣地叫了一聲。

「好吧，既然妳那麼調皮，隨時可能給黑蛇妖抓去，我何必辛苦把妳養大？妳就餓著吧！當是個教訓好了。」四月幽幽地說。

沉默的山林發出一道細微的聲響，喀嚓、喀嚓，是有人踩斷樹枝的聲音。隨著距離縮短，規律步伐奏出的穩定旋律也趨於清晰，在入夜後顯得異常響亮，好比某種暗號，那人是故意這麼走的。

「是父親！」小紅的目光不停來回於門外和母親之間：「父親回來了，我可不可以去接他？」

四月猶豫了半晌，答道：「也罷，去吧。」

「謝謝母親！」話甫說完，小紅便迫不及待衝入庭院，守在與泥土小徑接壤的牌樓旁。她對父親與母親的愛不相上下，父親是她的天，母親是她的地，小紅知道母親罰她是為了她好，但要是疼愛她的父親回家了，那可就更好啦！

燈火在風中搖搖晃晃，就著微弱的燭光，小紅看見小徑彼端正朝家門口走的大石。起先只有一個芝麻大的小黑點，接著小黑點變成人形輪廓，又過了一段時間，路上出現了一手提燈、一手握木棍，揹著竹簍擁有一雙寬闊臂膀的男人。

小紅猛力揮手，雙眼寫滿了企盼，臉龐則因興奮而漲紅。

等到大石來到十步之外，小紅立刻飛奔向前，摟住大石的腰際，「父親！」

「紅丫頭！」大石咧嘴而笑，以小紅熟悉的沙啞嗓音爽快說道：「多日不見，好像又長高啦？」

在小紅心目中，大石像樹木一樣堅實可靠，他的腰圍有樹幹那麼粗，長年在陽光下曝曬的皮膚亦是粗糙斑駁一如樹皮，他身上散發的氣味混合著泥土、煙草與汗水，小紅把鼻子湊近聞了聞，沒錯，是安心的味道。

「我每天都有乖乖吃飯，還幫母親幹活。」小紅撒嬌地說。

「好孩子，果然有把父親的話記在心上，我不在的時候，知道要幫忙照顧母親。」大石誇讚地點點頭。

父女倆並肩走完最後一段路，穿越門樓與矮牆進入院落，大石放下身上背負的刀、工具包袱等重物，再卸下背上的竹簍，最後仔細將一柄木棍擦拭乾淨並放好，隨後才和女兒步入老屋。

「我回來了。」大石朗聲道。

堂屋裡的灶台邊，四月溫和的臉龐上掛著淺笑，「不曉得你今天回來，要是事先知道，我就多煮幾個菜了，桌上的熱食還不夠你塞牙縫呢。」

「母親為了父親，特地新作一道五花菜？」小紅跟在後面探頭探腦。

「一會兒就好。」四月說。

四月取來花蘿蔔、綠蘿蔔和胡蘿蔔各一條，以三種蘿蔔加上白菜和青蔥，動作俐落地洗淨切絲，加入少許鹽巴調味。山上都是這樣的，平日裡兩餐，農忙時三餐，兩餐都是一個飯和一個燉菜，加上若干鹹菜。

完工以後，小紅主動上前，把新鮮的菜餚端上老木桌。

「順便加兩副碗筷。」四月輕聲吩咐。

小紅一怔，呆問道：「我也可以吃飯嗎？」

「本來是不給吃的。」四月意有所指地斜睨了她一眼。

「怎麼啦？」大石問。

再度提及此事，四月臉上輕鬆的笑容轉瞬即逝。她埋怨道：「唉，這丫頭今天玩到不知道該回家，都天黑了還不見人影。」

「那可不好。」大石逕自於桌邊坐下。

「就是啊，山裡有太多難以預測的危險，就算是經驗老到的獵人，也有可能遇上吃人的野獸，在不熟悉的林子裡踩空而摔斷了腿，或是在涉水過溪的時候被大水捲走喪命。養大一個孩子需要耗費多少心力啊？要是有個三長兩短，過去的辛苦不就全白費了？」四月語帶責備。

「唉呀，紅丫頭，日落前一定得回家，明白嗎？」大石故意賣力地扯著喉嚨，以他砂礫般的煙嗓大喊。

「明白！」小紅同樣以清脆響亮的聲調回應。

大石笑嘻嘻地伸出壯碩手臂，一把將女兒按在凳子上，「好了，以後別讓妳母親操心了，坐吧。」

他拾起筷子夾來兩個黏豆包，一個給小紅，一個給自己，然後囫圇吞下一口，又往嘴裡塞滿五花菜。

「吃慢點。」四月好笑地瞅著丈夫。

「我餓啊！在山上以窩棚為家的日子，最想念的就是妳燒的菜了。」大石張口咀嚼，發出滿意的咂咂聲：「紅丫頭啊，記得把妳母親的手藝學起來，嫁人以後才能抓住丈夫的胃。」

「回家當然好，吃好喝好睡好；小紅不嫁人，要一輩子吃母親煮的飯。」小紅嘟嘴。嗯，還是回家好！」

「就妳聰明。」大石哈哈大笑，親熱地捏捏女兒的臉。

「差點忘了，缸裡還有漬蒜和鹹辣椒，我去給你都拿來。」四月說著便起身離開。

「今晚加菜。」大石朝小紅眨眨眼睛。

「嗯。」小紅抿著笑意，咬了一口黏豆包，配著蘿蔔乾細細品嚐。

黏豆包口感紮實，本身沒什麼特別的味道，但內餡是加了白糖熬煮的蜜紅豆，吃起來應該是滿嘴的甜味。至於抹上鹽巴、曬乾製成的蘿蔔乾，嚐起來的前味是岩鹽的鹹，後味則帶有股天然的甘甜，讓人齒頰生津，唾液頓如泉湧。

四月回來的時候又帶了兩疊小菜，不過，她入座後並沒有馬上動筷子，而是淡淡地望著父女二人大快朵頤。

小紅咬了口菜，注意到四月的不對勁，她問：「母親怎麼不吃？」

「怎麼？不舒服嗎？」大石跟著抬眼。

四月擠出一絲苦笑，勉強拿起黏豆包，張嘴啃了一丁點，卻在食物入口的瞬間反胃作嘔起來。

「母親！」小紅驚呼。

大石狐疑地蹙眉，「害喜嗎？」

「不知道，之前懷小紅時也不見這樣。」四月放下食物，撫著胸口喘息說道。

「害喜？」小紅瞠目結舌，視線在父親與母親之間來回，「母親有了？」

「傻丫頭，妳沒發現妳母親的肚子愈來愈大了嗎？」大石好笑地問。

「我……以為母親吃太多黏豆包，脹氣了。」小紅靦腆地回答。

大石與四月彼此交換眼色，同時噗哧一聲笑了出來。

然而，還沉浸在驚愕中，神情呆滯的小紅卻凝視著母親隆起的腹部，久久無法回神……

自她有記憶以來，四月曾懷孕過幾次，可每次臃腫的肚腹過了段時日又恢復平坦，就像飽滿的黍米經人採收，只剩光裸清瘦的稻梗。

小紅實在不明白，她一歲歲地長年紀、一吋吋地長個子，田裡的黍米也都做成黏豆包吃下肚了，怎麼始終不見扭動的襁褓和啼哭的嬰兒？

她拿這問題追問過四月幾次，四月總是低垂眼睫，心事重重地告訴她：「山有神，神有靈，若得不到山靈的允許，是無法擁有子嗣的。」

每回母親的肚子癟了，父親便不停變出食物餵養家人，彷彿想把母親消風的肚子再填回去似的。餐桌上曾出現過各式各樣的新鮮獵物，有雉雞、山羌和不知名的鳥蛋，每個都有巴掌大，好吃的東西堆了滿桌，跟辦喜事一樣，就是在那個時候，小紅初次品嚐了小豆高粱米飯和松仁餅，從此心心念念難以忘懷。

這次該是真的了吧？肚子裡住的是小娃娃，而不是因為脹氣，小紅終於要有弟妹了嗎？

「丫頭，妳嚇傻啦？」大石拍拍小紅的肩。

小紅驀然回神，瞪大了眼問道：「母親肚裡的孩子，是弟弟還是妹妹呢？」

「肯定是個小壯丁，能幫忙家裡幹活。四月，妳認為呢？人家都說懷孕的女人會做胎夢，夢見蛇或烏龜是懷男孩，夢見花朵是懷女孩。」大石笑道。

四月以手背抹抹嘴，等待噁心的感覺過去，然後調勻了呼吸道：「不曉得，雖然六個月了，我還是不太安心，尤其最近食慾很差，更讓我覺得……不是好兆頭。」

大石聞言面色一凜，「別胡說，妳根本是自己嚇自己。」接著，他的眼神轉向小紅，夾了好大一口菜放進女兒碗裡，道：「紅丫頭，多吃點，以後要幫忙照顧小弟弟了。」

「好。」小紅望著即將滿出來的碗，用力點頭：「我會多幫忙，我等等就去洗紅豆，然後泡水，明天拿來做黏豆包。」

「好乖。」大石頷首。

「可是——」四月頓了頓，以微弱的音量問道：「我們真的養得起第二個孩子嗎？」

「養家活口的事，交給男人擔心就好。妳別瞎操心了！」大石低語，咀嚼的速度則放慢了。

小紅察覺餐桌上氣氛丕變，她轉頭端詳四月，忍不住納悶，莫非是懷孕讓母親變得多愁善感嗎？

讓小紅意外的是，四月似乎沒打算放棄這個話題，她不死心地追問：「這次入山有收穫嗎？」

「沒有什麼特別的。」大石別開視線，催促小紅：「丫頭快吃，多吃一點。」

「但是，」四月突然深吸一口氣，大聲問道：「萬一黑蛇妖發現我們養不活孩子，要拿他當做祭品怎麼辦？」

餐桌上頓時鴉雀無聲，靜得連大石粗嘎的呼吸都聽得見。

小紅沒料到母親竟敢出言頂撞一家之主，更被黑蛇妖拿小孩當祭品的說法嚇得瑟瑟發抖，手指差點連筷子都握不穩。

「黑蛇妖會帶走窮人家的小孩嗎？我不要小弟弟被抓走！」小紅嗚咽。

砰！

大石用力把碗扔在桌上，整張臉脹成了豬肝紅，氣得鼻孔怒張：「胡說八道！別在孩子面前別亂說話！」

四月緊抿嘴唇，斂起的眉目閃過一絲驚懼。

室內再次安靜下來，大石緊握雙拳，眼中迸發忿忿不平的怒火，小紅彷彿從中看見滾燙的憎惡，那眼神能把人燒傷。

「父親，別對母親生氣。」小紅提心吊膽地說。

大發雷霆的大石彷彿膨脹了兩倍，在他身邊，即使是身懷六甲的四月也顯得瘦弱渺小。此刻，大石瞪著四月，四月凝視桌面，小紅則端著碗筷來回望著兩人。在這個屋簷下，一家之主沒開動，就沒有人敢吃飯。

良久以後，大石再度開口：「反正，我最近就會幫小娃娃做搖車，紅丫頭妳會幫我的忙吧？」

「一定。」小紅急忙回答。

「嗯。」大石的拳頭慢慢鬆開，他一把抓起碗筷，繼續埋頭吃飯。

第三章　小弟弟

小紅起了個大早，她在太陽上和蜜蜂上工前就睡醒了，這時的晨霧還沒散去，露珠也仍在枝頭逗留，小紅已經開始屋前屋後來回灑掃。她掃完了地又去溪邊挑水，餵好了雞再到菜園除蟲，直到火紅旭日自山谷昇起，她的臉蛋也在辛勤勞動後爬上兩朵紅暈。

家裡要有個小弟弟了，小紅自知責任重大，想幫大人分攤家務，讓四月安心待產。她相信如此一來，母親就不會動不動湧現多愁善感的情懷，父親也不會因為遭到冒犯，而對母親發脾氣了。

等到日常工作一一完成，小紅動身前往美人松林的邊坡，替四月採來一束山鈴鐺花，插在西屋的土瓶子裡。

山鈴鐺是四月最喜愛的花，翡翠般的花莖懸著乳黃色的花鈴，好似駿馬頸下的鈴鐺，在御風馳騁時左右搖晃。

每隔幾日，小紅會親自更換土瓶裡的山鈴鐺，用一串串嬌俏可愛的花朵妝點樸素的老屋，讓四月的視線範圍內隨時隨地都有一抹鮮黃。

她挽著藤編提籃，一蹦一跳地沿泥土小徑抵達山坡，在草叢裡找到成片宛如黃色花毯的鈴鐺花。她精挑細選出三枝長得格外茂盛的花莖，每一枝都結滿了含苞待放的小鈴鐺，然後才心滿意足地往回走。

「紅丫頭，又去摘山鈴鐺啊？」

踏入家門時，大石和四月已經起床了，前者坐在院子裡抽旱煙，後者則在堂屋的爐灶旁弄早飯。

四月煮飯的鍋碗瓢盆乒乓聲，和大石噗呲噗呲邊吸煙嘴邊敲煙袋的哐噹聲，交織為小紅熟悉的晨光音樂，振奮了她的心情，尤其見到父母親各自忙碌不再爭吵，更令她喜上眉梢。

「真勤勞啊。」大石翹著腳說。

「母親喜歡嘛。」捧著花的小紅停下腳步，神采奕奕地答道。

「那妳知道我喜歡什麼花嗎？」大石故意問。

「當然知道，父親最愛棒槌花。」小紅說。

「呵呵，真聰明。」大石咧開嘴角，口裡冒出冉冉青煙，打趣問道：「會不會我們紅丫頭以後長大了，也跟鈴鐺姑娘一樣，有了愛人就不要父母啊？」

「才不會呢！」小紅嘟起嘴，一溜煙跑進堂屋。

蒸氣氤氳的大灶旁，背對門口的四月正在彎腰揉麵。她的袖子高高捲起，將前晚淘好且蒸熟的小米取出，磨成粉後加水拌勻，等待發酵完畢。

小紅走近兩步，在灶旁斗櫃上看到幾只擱著的瓶瓶罐罐，禁不住好奇心驅使，小紅打開其中幾個瓶蓋。

「黃瓜韭菜花、蒜茄子、漬蒜還有鹹辣椒，哇！怎麼有那麼多鹹菜？」

「回來啦？」四月頭也不回，繼續埋頭做事：「鹹菜是金鳳做的，今天一早讓源源送了過來。」

「奇怪，我怎麼沒碰到源叔？」小紅把花插進瓶子，自言自語道：「或許是採花時錯過了吧。」

「八成是妳源叔聽妳父親說，我們家要有小娃娃了，所以讓金鳳給我們準備起來。」四月說。

在山民的觀念裡，鹹菜是飯桌上不可或缺的重要小食，若家中有客人上門，還得招待最優質的鹹菜以示尊重。全村都曉得金鳳有經商的娘家當靠山，沒有人會拒絕她的獨門秘方鹹辣椒。

「母親，要拿些出來當早餐嗎？」

「不必，我已經把豆角和酸菜端上桌了。」

「那我來幫忙做黏豆包。」

「好。」

小紅熟練地備好紅豆餡，將麵團分割成小塊，然後揉出圓形、壓成麵餅、包入內餡，再重新捏成一個個圓胖可愛的豆包。兩隻小手從頭到尾動作靈巧快速，每一個步驟都演練了千百遍，對所有程序倒背如流。

同時，四月則手持笊籬，把昨晚洗米的米湯倒入瓦盆，開始熬煮豆腐和豆芽菜。

母女倆以絕佳的默契相互搭配，當熬菜煮到一半，數十個黏豆包也已經排列整齊，送進冒出熱氣的大蒸鍋裡；等到菜熬好了，熱騰騰軟綿綿的黏豆包也起鍋了。

早餐時氣氛很好，沒有人說不中聽的話，每個人都把面前的飯菜吃得一乾二淨，尤其小紅更是狼吞虎嚥直到肚子鼓脹，昨晚的不愉快似乎一掃而空，爭執彷彿不曾存在過。

飯後小紅收拾了碗盤，簡單整理桌面後，在父親的吆喝下來到前院。

「紅丫頭，妳看這次入山，我給妳帶回了什麼？」大石喜不自勝地將藏在背後的手伸出來，亮出一件樹枝和皮革拼湊而成的小玩意兒。

「這是什麼？」小紅說。

「是彈弓。」大石得意地說：「源源教我做的。」

四月單手撐著腰，挺著肚子出現在門邊問：「怎麼有時間給孩子做彈弓？」

「我陪源源檢查陷阱的空檔順便做的。說到這個，還真是氣人哪，連續放了好幾個陷阱都沒有收穫，連個野兔也沒抓著。更可惡的是，其中一處本來逮到獵物了，卻被獵物咬斷繩索逃走。真氣人啊！」大石悻悻地說。

「所以，這次真的什麼也沒獵到？」四月倚著門框沉思。

「除了昨晚帶回來的山羌，總共獵到兩隻，我們和源源各一隻。不過那不是重點，一想到瞎忙了一回，浪費那麼多力氣，我又覺得餓了。」大石說。

「父親，什麼動物牙齒那麼利，還能咬壞陷阱？」小紅插嘴。

「大概是野豬或山羌之類的吧。」大石聳了聳肩，道：「反正獵物八成也活不久了，源源精心設計的陷阱就是用來應付這種狀況，獵物掙扎得愈厲害，繩子就纏得愈緊，到了最後，即便沒有被抓到，陷阱也可能變成奪命的刑具，讓負傷的獵物被其他大型動物吃掉，或是傷口感染死掉。」

小紅頭皮一陣發麻，她想起自己放走的那隻紫貂，突然為那小東西感到慶幸，接著又想起灶台旁一罐罐的鹹菜，又替源源和金鳳覺得可惜。紫貂是撿回一命了，但源源和金鳳可得多吃幾日素菜啦。

「話說回來，反正閒著沒事，我乾脆做了個彈弓，可以打樹上的果子和松鼠。紅丫頭，喜歡嗎？」大石把彈弓交給小紅。

「喜歡。」小紅將彈弓皮革試拉了幾次，道：「我想我打野果子就好。」

「明天我們再一起給彈弓揉彈丸，今天，我得先做小弟弟的搖車了。」大石表示。

所謂搖車，就是以筐和棉布紮出類似橢圓的形體，再拴上四根麻繩懸吊於橫樑或天棚的嬰兒吊床。

「怎麼不拿我的來用？我小時候應該也有搖車吧？」小紅問。

「妳的早拿去當柴燒了。」一直靜靜待在旁邊的四月突然冒出這句話，隨即轉身離開。

「母親是什麼意思？為什麼我的搖車被燒了？」小紅問大石。

「因為有一年冬天，我忘了準備充足的柴火……」大石搔搔後腦，「唉呀，就算那東西還在，妳都長那麼大了，說不定搖車的木頭都腐爛啦，再做一把不就得了。」

「熊鼻子呢？」小紅問。

所謂熊鼻子，通常懸掛於搖車上，山民相信熊鼻子能讓嬰兒呼吸順暢，遠離疾病健康成長。

「也不曉得上哪兒去啦，放心，等到小弟弟出生，我會再跟妳源源叔要一個。」大石說。

「噢。」

大石拿出柴刀和磨刀石，持續鋸木頭的來回推拉動作，刀面劃過石頭時迸發零星火花。只不過，鋸木是刀愈用愈鈍，磨石卻是刀愈磨愈利。不一會兒，柴刀像是拋光過的寶石閃閃發亮，在陽光下呈現鏡面光澤。

小紅把彈弓塞進腰帶，興致勃勃地蹲在一旁觀看。

「好啦，差不多了啦，紅ㄚ頭妳退後點，我現在要先劈木頭，做搖車的框架。」大石高舉雙手一刀劈下，「唉呀！砍歪了。」

柴刀斜斜地嵌在木塊上，大石取下刀子，木頭像是被雕出一道醜疤。

「沒關係，再換一個試試。」小紅遞上另一塊嶄新無瑕的木頭。

「啊，又砍壞了。」大石皺眉抱怨。

接連試了幾次，大石要嘛瞄得太高，要嘛下手太重，總是抓不到精確的位置。搞了半天，把自己弄得滿頭大汗，也浪費了好些木材。

「一定是刀不夠利，再磨磨好了。」大石對小紅說。

「我看還是請洋洋幫忙吧，大家都誇他手巧。」四月不知何時再度回到門邊，出聲提醒：「你忘了小紅的搖車也是洋洋和源源兄弟倆幫忙做的？」

「洋洋叔是個好木匠。」小紅附和。

「不要，我做得來。」大石整張臉垮了下來。

「洋洋雖然嘴巴愛嘮叨，但是人不壞，又是源源的親堂弟。要是洋洋說了不中聽的話，不去理會就好。」四月說。

「自己的家自己扛，自己的兒子自己顧。」大石啞著嗓子道。

小紅夾在父母中間，覺得母親說得沒錯，但父親說得也對，一時之間不知如何是好。

「門外漢就別逞強了。」四月冷道。

「妳說誰逞強？」大石粗聲問道。

小紅心頭一驚，察覺狀況不對，立刻幫腔道：「父親沒問題的，是柴刀太舊了。」

然而還來不及阻擋，大石與四月的紛爭已經再度點燃。

「我跟著我爺爺入山壓山的時候，洋洋還在吃奶呢！」大石怒吼。

「你有你的長處，就像源源會打獵、洋洋會做木工一樣，這怎能相提並論？」四月不服氣。

「妳到底是我家的媳婦，還是洋洋的媳婦？怎麼專門站在外人那邊呢？」大石揮舞著柴刀咆哮。

「父親……」小紅嚇得跌坐在地。

「算了，我辛苦做事，妳卻在旁邊說風涼話，那我何必拿熱臉去貼人家的冷屁股呢？」大石把柴刀哐噹摔在地上，然後一腳踹倒木頭，啐道：「老子不做了！」

暴風席捲而過，留下滿地狼藉和詭異的風平浪靜。

大石蹲在院子角落裡抽煙生悶氣，嘴裡吐出的煙霧像是方才沒說出口的惡言惡語；四月手持菜刀在堂屋裡剁剁弄弄，彷彿想把一切不如意都切得碎碎細細。

小紅實在想不通，父親想要做搖車，母親則需要一副搖車，既然目標相同，到底有什麼好吵的？

所以小紅決定暫時避一避，等他們倆氣消再說，兩個人都是硬脾氣，彆扭起來可像盤根錯節的老松一樣難纏。

眼看與小綠約定的時間也接近了，小紅從灶邊摸走兩個黏豆包，揣在懷裡快步往美人松林的方向走。走沒幾步，一個毛茸茸的小白點便迎面而來，親熱地繞著她的腿打轉。

「嘿，小白兔。」小紅彎下腰，揉揉兔子的耳朵。

小白兔仰起臉，抽動的鼻子不斷聞嗅。

「真對不起，今天忘了給你準備點心，待會兒再幫你摘些嫩葉。」小紅繼續往前走。

小紅迫不及待想見她的新朋友，步履益發輕快。

一人一兔抵達美人松林，只見最為挺拔的美人松下，小綠屈膝坐在樹幹前，腳邊還趴著一隻梅花鹿。

「小綠。」小紅揮手跑向前，小白兔則亦步亦趨。

「妳瞧，我交了個新朋友。」爽朗笑容在男孩的圓臉上擴散開來：「咦？那是妳養的兔子嗎？」

「小白兔和梅花鹿都是我的朋友啦，常和我一起玩唷！」小紅彎腰傾身，親暱地拍拍梅花鹿的頭。

梅花鹿伸出舌頭舔了小紅一下，小白兔則擠到梅花鹿旁邊，給自己找了個舒服的位置側身躺下。

「哇，牠們果然是妳的好朋友，好親近人。你們平常玩什麼？」小綠微笑。

「我會採新鮮的葉片給牠們吃。」小紅說。

一聽到有好吃的，小白兔的耳朵立刻翹了起來。

「對了，我也幫你帶了食物喔，我母親做的黏豆包，是全天下最好吃的東西了。」小紅取出事先備妥的糧食，「我也有幫忙做喔！」

「真巧，我也帶了全天下最無敵美味的漿果，來，給妳嚐嚐。」小綠掏出一把鮮紅欲滴的不知名果實。

兩個孩子交換食物，但不是把所有東西分作兩份，而是妳一口、我一口地分食。

「真甜哪，這是什麼果子？」小紅問。

「是長生不老藥喔！」小綠故作神祕地說：「等等還要帶妳去仙境遊歷。」

「仙境？」小紅睜大雙眼，既期待又擔心地問：「會不會很遠？我不能太晚回家喔。」

「不遠，幾步路就到了，日落前一定回來。」小綠保證。

吃完東西以後，兩人替小白兔和梅花鹿找來鮮綠的葉子，先把牠們餵飽，然後才由小綠領頭，一起往長白山更北更深的莽林走去。

他們行經一片紅松與魚鱗松的混合林地，吃力的腳步告訴小紅，小綠正帶著他們往高處走。

抱持遊玩的心情，小紅沿途欣賞景色變化，前方樹林較為稀疏，枝椏間隙撒落的光線更加耀眼，空氣比較乾燥，風勢也增強了，所以草木聞起來的味道也不太一樣。

小紅自認為腳程不慢，可以和梅花鹿在山中賽跑，沒想到小綠的體力更是好得驚人，走在扎腳的石礫和滑溜的青苔上完全臉不紅、氣不喘，還能邊走路邊聊天。

「對了，妳剛剛來的時候，臉色不太好看，有心事嗎？」小綠關心地問。

「你眼力真好。」小紅臉上泛起苦笑。

昨天夜裡，小紅做了個小弟弟被餓狼叼去的惡夢，直到今早仍心有餘悸，卻不敢對父母訴說。

「是不是昨天晚歸，害妳挨罵了？」小綠問。

「沒這回事。」小紅否認。

「妳不想說也沒關係。」小綠善解人意地說。

小綠溫暖的笑容看在小紅眼裡，卻像是一袋沉重的石頭，將她的五臟六腑往下拉。小紅覺得自己有所隱瞞，令好朋友失望了，她不喜歡教人失望，也不喜歡說謊。

為了不讓小綠認為自己是個不坦白的朋友，小紅決定報喜不報憂：「跟你說喲，我母親懷孕了，我要有小弟弟了。」

「真是個好消息，恭喜妳。」小綠驚呼。

「對了，父親在幫小弟弟做搖車之前，給我做了個這個。」小紅拍拍腰際的彈弓，「拿來打野果最好了。」

小綠笑著點點頭。

「等到小弟弟長大，我們可以帶他一起去祕密藏身地玩。」小紅說。

「妳有一個幸福的家庭，父親會做彈弓，母親會做黏豆包，而且都很疼妳呢。」小綠對小紅投以羨慕眼神。

「是可以這麼說啦。」小紅臉上閃過一絲尷尬。

這時，兩人鑽出莽林，眼前裸露的岩峰讓視線豁然開朗。

「哇！」小紅詫異地眨眨眼。

矗立於兩人面前的，是一座鬼斧神工的石林，石峰被強風刨成千奇百怪的形狀，有的像動物，有的像蕈菇，也不知道是銳利如刀的勁風造就了石林，還是石林造就了風切。

「去過百花公主瀑布嗎？」小綠問。

「沒有。」小紅說。

「那我講個故事給妳聽，相傳古時候有位技藝超群的獵手，有天他上山打獵，聽見了女人的呼救聲。他循聲而至，發現有隻老虎正準備張口咬住一個女人，於是他打敗老虎，救下那名自稱為『百花公主』的女子，再將公主送回皇宮。

「獵手因為見義勇為的舉動而被招為駙馬，從此和百花公主相親相愛，可惜好景不常，不久後敵寇來襲，駙馬率兵迎敵，將敵軍引誘至長白山險境，大戰數日仍僵持不下，只見兵將愈來愈少，疲倦的駙馬又不小心中箭，消息傳回宮中，百花公主急忙抄小道趕至戰場。」小綠說。

「後來呢？」小紅完全沉浸在故事裡，急忙追問後續。

「公主撕破衣裙為駙馬裹傷，兩人退到一處僅供一人通過的險隘，眼見箭矢都射光了，石頭也砸完了，百花公主和駙馬迫於無奈，只好手牽著手跳崖殉身。」

「啊？」

「兩人墜落時的呼喊有如雷鳴般響亮，突然間，懸崖裂出一道口子，翻滾咆哮的江水沖刷而下，形成一粗一細兩股洶湧的瀑布。剩下的敵軍逃脫不及，頓時被瀑布沖走，因此全軍覆沒，成為水底陰魂。」

「好悲傷啊。」

「會嗎？我倒認為挺淒美呢。與其成為俘虜，不如壯士斷腕，還能拯救犁民蒼生，多好？」小綠笑道。

「被你這樣一說，似乎也有些道理。」小紅點點頭。

忽地一陣狂風襲來，小紅被吹得瞇起眼睛，髮辮也胡亂拍打身體。她一把攫住小白兔，緊緊摟在懷裡，深怕牠被風吹走，接著再轉頭看看梅花鹿，發現牠堅硬的蹄子和狹窄的身軀很能夠適應突如其來的大風。

「來，抓著我的手。」小綠朝她伸出手。

兩人相互依偎著小步繞過長得像尖帽的石峰，在背風處停下來稍微喘口氣，接著，前方突然出現一處僅供一人通行的石壁，一陣微弱的水聲傳入耳畔。

「莫非……」小紅一愣。

「沒錯。」小綠的笑容為她解答。

小綠拉著小紅鑽過當年百花公主和駙馬行經的險隘，穿越石壁後，前方果然出現一粗一細兩股飛瀑。此時，轟隆隆的水聲有如戰場上的擊鼓聲，彷彿還在替百花公主與駙馬抱屈。

他們沿著天然形成的石階抵達瀑布底端，在一條滿佈鵝卵石溪流前駐足。小紅低頭凝望清澈見底的溪水，只見一片波光粼粼之中，魚蝦各自在水中優遊，她完全沒預料到，尖刻嶙峋的石壁後方，竟藏有景色如此優美之地。

一陣風吹散了聚積的白雲，撥雲見日後，瀑布在陽光折射下噴濺出七彩的水花，飄浮的水霧好似一層繚繞的彩雲，讓周圍草木全染上彩虹的顏色。

小紅看得目瞪口呆，讚嘆道：「好像仙境哪！」

「我心情不好的時候，就會來這兒走走。」小綠說。

小白兔從小紅懷裡一躍而出，迫不及待想要啃食青草，梅花鹿則信步走向溪畔，埋頭舔舐溪水。

「你們可以大飽口福了。」小紅戲稱。

也許是環境得天獨厚吧，這裡土肥草豐，尤其溪畔的植物生得特別好。安春香、七里香、牛皮杜鵑、青黛、野丁香、松香草百花爭妍，各種異香混合成一種誘人的芬芳，聞了讓人通體舒暢，比狠狠睡到天亮還有效。

一株鵝黃色的高山罌粟迎風搖擺，含苞待放的模樣似是不停向小紅招手，小紅不禁看呆了。

小紅生長在山上，這輩子看過各式各樣的花，卻從不曾見識粉嫩得像嬰兒面頰，同時又色彩飽滿的花朵。那株高山罌粟有種難以言喻的誘惑力，讓小紅情不自禁地走向它，還伸出手指碰觸花苞。

一切都發生在眨眼之間，就在小紅指尖觸及花瓣的剎那，彷彿被小紅從睡夢中喚醒似的，花苞竟然綻放而開……

緊接著，周圍其他花苞也跟著伸展花瓣，一朵接著一朵，高山罌粟全部開花了。

小紅不敢置信地揉揉眼睛，指向花朵問：「小綠，你看到了嗎？」

「嗯。」小綠點頭。

「花自己開了……是你讓花開的嗎？」小紅問。

「不是我，是妳。」小綠說。

小紅支吾其詞：「太奇怪了，怎麼我一碰就綻放了呢？」

小綠順著小紅方才的說法，道：「這裡是仙境，沒有什麼好奇怪的。」

「難道是百花公主顯靈了？」小紅說。

「搞不好喔。」小綠溫柔地笑了笑：「聽說只有心地善良的人，才能看見山裡的神靈。既然有這個福氣，我們來向百花公主誠心祈禱好了。」

語畢，小綠雙手合十，轉身面向百花公主瀑布。

「要求什麼呢？」小紅問。

「願我倆友誼長存？」小綠建議。

「好，願友誼長存。」小紅允諾。

在瀑布嘩啦啦的水聲中，兩人閉上眼睛，在心中默默許下祈願，願兩人友誼長長久久。再睜眼時，一隻形若鳳凰的斑斕大鳥悄然飛來，後頭跟著數不清的鳥雀。

小紅驚愕地握住小綠的手，望著鳳凰說不出話來，一時之間百鳥遮天蓋地，在小紅與小綠的注視中繞著瀑布飛了一圈又一圈。

第二部　秋

第四章　搖車

「小紅，入冬之後家裡就要添個弟弟了，高不高興啊？」源源問。

他以左手按住木材固定，右手握緊斧頭，以鋒利斧口刨去多餘木料，正在幫忙做搖車。尾端蜷曲的薄木片散在腳邊，恰似入秋後的滿地落葉。

「高興啊。」小紅蹲坐一旁，點頭如搗蒜：「源叔，告訴你喲，等小弟弟出生，我會抱他、幫他洗澡，還要做好多好吃的東西，餐餐餵給小弟弟吃。」

「哈哈哈！傻丫頭，嬰兒沒牙齒，只能喝奶啦。」影壁旁傳來大石豪邁不羈的笑聲。

小紅轉頭，凝望翹著腳抽旱煙的大石，茫然重複：「奶？」

「就跟牛羊一樣啊。」源源提醒。

「喔，這樣啊……」小紅扯弄兩條辮子，不好意思地傻笑起來。

這天稍早，當小紅剛替土瓶子換上新鮮的鈴鐺花，源源便拎著滿滿一袋工具，神采奕奕地現身於老屋門樓下。

源源是大石的好友，只要其中一人需要幫忙，另外一個通常二話不說，馬上捲起袖子前去協助。據說，兩家人的情誼可以往前追溯好幾個世代，很久以前似乎還有親戚關係。

而源源也和小紅處得不錯，打從小紅一出生，就對這位親如血脈的叔叔特別有好感。只要把小紅送到源源手裡，她立刻綻放笑容，給足了源源面子。等小紅會走路了，源源便把她扛在肩上玩，讓小女孩踢著兩條腿晃盪。

小紅最喜歡源源的一點，在於他雖然是個出色的獵人，不僅箭法奇準，精於追蹤獵物足跡，更善於製作陷阱，卻毫無肅殺之氣，反而待人和善，臉上經常堆滿笑容。

今天早上，小紅跟在源源身旁觀察了半天，發現除了射箭，源源也很會使斧頭。只見源源砍下一段堅韌木條，三兩下便將凹凸不平的邊緣給修得平滑整齊，若是不當獵戶，他肯定也會是個出色的木匠。

「真羨慕你們一家啊，白胖娃娃剛好趕上過年，多喜氣！」源源邊工作邊說。

「源源叔很喜歡孩子嗎？」小紅抱著膝蓋問。

「喜歡啊。」源源說。

「那怎麼不自己生一個？」小紅問。

「這問題可考倒我了。」源源苦笑。

「紅丫頭妳這孩子……」大石敲著旱煙袋子訓斥：「人家生不生孩子，妳管得著嗎？真不會看眼色！」

「我關心源源叔嘛。」小紅委屈地嘟起嘴，不懂自己為什麼挨罵。

「沒關係，童言無忌。」源源停下動作，親切地對小紅說：「有時並不是妳許下願望，就一定能得到神靈應允，總得付出相對的代價，懂嗎？」

「意思是，要獻給神靈很多供品囉？」小紅眨眨無辜的眼睛。

「對，很多很多供品。」源源挑起眉，語氣中充滿渴望：「當然，還需要充足的決心。」

「神靈覺得你和金鳳嬸的供品和決心不夠嗎？」小紅歪著頭。

「真是……」大石被煙嗆了一口。

「也許吧。」源源臉上浮現幾許落寞：「又或者，是我的祖先犯下太多罪過，惹怒了老天爺，打算讓我家絕後吧？」

「別這麼說，我才不信那一套。」大石哼哼地說。

「誰知道呢？大概還需要一百年，我們才能得到赦免。」說完，源源又開始削木頭。

小紅聽得似懂非懂，她陷入苦思，不明白生娃娃和決心或供品有何關聯。她只聽聞當母親的多吃飯，腹中胎兒就會身強體壯，所以，健康和生娃娃肯定息息相關。

「人家都說高山靈芝好，吃了能強身健體，我去找一株來，讓源叔和金鳳嬸服用，肯定能讓你們生個胖娃娃。」小紅一臉認真地告訴源源。

「我果然沒有白疼妳。」源源欣慰地說，隨後他轉向大石：「聽見了嗎？妳紅丫頭果然得到家族真傳，打算要放山了呢！看來你得替她準備一根索撥棍了。」

大石忙著吞雲吐霧，僅是不置可否地聳聳肩。

「你該不會只打算栽培尚未出世的兒子吧？照我看哪，我們小紅可比許多男孩子都強哩。」源源向小紅擠眉弄眼，逗得小紅掩嘴偷笑。

「呿，別亂說。」大石噴了口煙。

源源不以為意，目光挪回手邊尚未成形的搖車，他用滿佈風霜的粗糙大手輕撫木頭年輪，宛如一名洞悉真理的工匠，以直覺揭開表象，順著紋理找出隱藏在木料中的靈魂，當粗糙被修整為細緻，木材也逐漸出現輪廓。

「源叔的手藝真好，好像那個……魯班。」小紅誇道。

「這丫頭嘴真甜，小紅啊，源叔最喜歡妳了，不如到我家去，給我做女兒吧？」源源彎起嘴角。

「啊？」小紅愕然。

這嚇人的念頭顛覆了她小小的腦中世界。樹被連根挖起，還能活嗎？小孩離開親生父母，又要如何長大？

坐在遠處的大石興味盎然地瞄了兩人一眼。

「怎麼，不喜歡源源叔？我可是將妳視如己出啊。」

「不……不是啦。」

「源叔沒有孩子，好寂寞呢！」源源裝出傷心的聲音：「妳捨得源叔老年悲涼無人奉養？」

「話是這麼說沒錯，可是我若去你家，父親和母親怎麼辦？誰來換山鈴鐺花？」小紅看起來不勝其擾。

颯颯秋風從地上捲起幾片枯葉，焦黃的葉片在風中連滾帶爬，彷彿試圖逃離時間的追捕。小紅扯著辮子，絞盡腦汁卻不知如何逃離源源的問題。

「源叔好可憐，但我又捨不得離家，這該怎麼辦才好？」小紅苦著臉喃喃自語。

「傻丫頭，源叔跟妳開玩笑的。」大石一語點破。

「是嗎？」小紅不安地問。

源源則忍不住撫膝大笑，「別怕，我沒有要跟妳父母手搶小孩。」

「就算他想要，我也不會給。」大石擺擺旱煙袋子，道：「我才不幹賣女兒的勾當，誰都不許帶走我的小孩。」

小紅看看父親，又看看源源叔，臉上的緊張慢慢淡去，卻仍貼心地對源源說道：「源叔別難過，小紅三不五時會去探望你的。」

「一定喔。」

「嗯。」

搖車已經看得出雛形與骨架了，所需材料也一一片好、割好，源源按照組裝步驟，將每樣東西攤在地板上排列整齊，需要一個就拿一個。

小紅數著愈來愈少的零件，地上也留下愈來愈多空白，在源源的巧手下，形狀看似毫不相干的木材彼此完美嵌合，點滴拼湊出愈來愈完整的搖車。

在好心情的驅使下，源源忍不住扯開喉嚨高聲唱道：「砍來黃波羅樹作板，水冬瓜樹作梁，三十根鹿筋搓成繩，野藤圍成雲字邊，放到火上煨，拿到石上磨，做個花搖車，掛在樹杈上……」

四月認為，自己八成是這個這家裡唯一注意到四季更迭的人吧。她看著老屋前的院子裡，秋風追著落葉跑，光陰追著季節跑，生活則追在他們屁股後面，無論被追的人知不知道。

秋天來了，顏色在山巒之間流動，原先漫山遍野的蒼翠全褪了色，變成一種洗舊了的、暈染過的紅棕橘黃。四月很不喜歡這種不乾不脆、七零八落的感覺。蕭瑟的西北風彷彿也灌進了四月的身體裡，讓她的肚子一天天虛胖起來。

此刻，四月靜靜坐在西屋裡的圍炕上，腿上擱著一只木匣，她輕輕撫摸木匣，疲憊地喘了口氣，彷彿只是摸摸匣子，就讓她耗盡體力。

自從懷孕以來，四月經常感到力不從心，揉麵團時尤其提不起勁。老人家說腹中胎兒的發育會影響母親體質，這讓四月不免有些擔心，不為自己，而是怕孩子生來體弱。

她一直想給大石添個兒子，這一胎可是努力了好久才終於懷上，前幾個月更是小心翼翼，才終於安然熬過孕吐、暈眩和抽筋的折磨，沒有因為太過激烈的排斥反應嚇跑了送子鳥。

腹部像吹氣般日漸隆起，四月卻一直沒什麼胃口，每餐都只能勉強嚥下湯水燉菜，其實，四月很怕自己耽誤了孩子的健康。

冬季出生的孩子，註定在天寒地凍的環境中處於劣勢，能不能養大還是個未知數。四月深怕自己得替未命名的骨肉掘墳造墓，沒有一天不憂愁。

「唉。」她深深地吁了口氣。

沉甸甸的木匣壓得她腿疼，四月把匣子移至炕上，掀開了盒蓋。

這只舊木匣外型方方正正，表面有難以數計的枝狀刮痕，除了代表的意義，本身並非特別值錢的東西。

至於裡頭，則裝了些四月的陪嫁物，好比簡單的首飾與一件折得小小的嫁衣，間雜塞了些捨不得丟的碎布與針線，就算全部加起來，也不值幾個錢。

其中真正重要的，是一支雕花純銀簪子。那是四月母親的遺物，簪頭蓮花和祥雲雕得栩栩如生，做工算是細緻，四月曾於大喜之日戴過一次，後來怕搞丟，就一直珍藏在木匣子裡直到今天。

銀簪讓她再次想起母親，突然間鼻頭一酸，在短暫的片刻裡，四月彷彿又變回那個依賴母親的小女孩……

四月也曾是個天真無邪的小女孩，母親早早訓練了她養雞餵豬、繡花織布，一如多年後她教導自己的女兒小紅。

她在家中排行老大，擁有眾多弟妹，雖然家中食指浩繁，她從沒真正吃飽，母親卻也不曾讓她餓過一頓。

就四月記憶所及，兒時生活非常愉快悠哉，只要完成了家務，她就能與手足出門找樂子。溪裡撈蛤蠣、樹上偷鳥蛋，舉凡能幫母親加菜的活兒，她通通都幹過。身為長姊，游泳、爬樹對她而言根本是雕蟲小技。

然而好景不常，春夏的乾旱與秋冬的大雪接踵而來，山上鬧起饑荒，四月終於體會飢餓到想把舌頭吞了的感覺。能宰的牲畜都宰了，囤積的乾糧和醃菜也漸漸吃光，山民個個瘦得皮包骨，成天頭昏眼花連路都走不穩，差點要挖樹根和泥土解饞。

吃不飽穿不暖的日子裡，四月和弟妹們只能緊緊抱在一起，蹭著彼此取暖，猶如一窩發抖的小老鼠。

就在這個時候，四月性情溫和的父母也開始提高音量說話。

她的兩個弟弟被送下山，一個妹妹則不曉得是餓死的還是病死的，又或者兩者兼而有之。慢慢家裡人口愈來愈少，氣氛也愈來愈冷清，父母則像是要節省口水似地閉口不言，屋內安靜下來，最後剩下一片死寂。

某天夜裡，四月的父母再度開口交談，談的是四月的婚事，原來，他們決定將芳齡十三歲的長女嫁給當時家境相對富庶的大石。

從父母的角度看來，四月這樁婚事佔盡了便宜，大石的爺爺和父親都是有本事的男人，能讓全家溫飽，還有餘力照顧外人，當時要不是大石的爺爺對其他村民伸出援手，搞不好長白山山民早已滅村，只剩大石他們一戶人家。

奇怪的是，家傳的本領交棒給大石後，卻沒能繼續發揚光大。四月不認為自己是雞腸鳥肚之人，成天只會逼迫丈夫賺錢，而是大石太窩囊了，拿不出真本事又眼高手低，讓四月成天心驚膽戰，害怕苦日子再度來臨。

就拿最重要的「家」來說吧，嫁進門這些年，他們一直沒有餘裕整修老屋。現在的老屋不僅外表頹圮不堪，室內也百廢待興，牆壁角落的老鼠洞、屋頂缺了角的破瓦片，都是年久失修之處，正等待屋主有朝一日想起它們。

還有，掌管廚間雖說是女人家的責任，但糧倉滿不滿、柴薪夠不夠，總是得仰賴男人，巧婦難為無米之炊啊。

四月是個節省的女子，深知山上食物得來不易，不用捱餓已是萬幸。套句從前老人家常說的話：「下一頓是吃肉還是窩窩頭，端看老天爺賞不賞臉。」

可惜往日榮景猶如過眼雲煙，與大荒年一樣漸漸讓人淡忘，大石的收入又不穩定。

偶爾，他也會跟著上山打獵貼補家用，可惜大石不是獵戶的材料。如果運氣好的話，大石會成功帶回一隻野鵪鶉讓家人打打牙祭。如果運氣好的話。

有時四月覺得自己也像是一間屋子或一棵樹，在這片山腰上落地生根，期待降雨、期待日照。她總是站在原地等待，等著入山工作的丈夫和外出玩耍的孩子，等待一個能過上好日子的未來。

那是什麼時候呢？

母親留下的銀簪子都發黑了，四月拾起簪子仔細端詳，只看見未來一片烏雲罩頂。她拿起預備的布，沾了醋悉心擦拭。現在她沒有娘家了，四月的父母在荒年中化為白骨，只剩下西炕上一副祖宗板。要是父母沒有千方百計將她嫁掉，替她謀一條活路，現在的四月連塊木碑也不是。

最讓她傷心的是，眼下，她連手裡用來睹物思人的銀簪也必須放棄了……

屋外傳來陣陣歌聲，四月認出是源源的聲音，她猜出源源為何而來，於是翻身下炕，換上一副平和的表情，走向門口和源源打聲招呼。

院子裡，源源揮汗如雨，反觀孩子的父親大石，卻輕鬆地靠著影壁抽旱煙，一副事不關己的輕鬆模樣。

尤其整座長白山都知道洋洋拿斧頭和拿鋤頭的功夫一樣好，偏偏大石就是不肯拉下臉求人，寧可拜託相較之下拙於木工，但交情深厚的源源來辦。

一把怒火悄悄在四月胸口點燃。

「怎麼是你來？洋洋呢？」四月朝源源喊。

不等源源開口，大石搶著回答：「誰來不都一樣。」

「妹子啊，我的手藝可不比洋洋差喔。」源源開朗地笑道。

「對啊，源源叔好厲害！」小紅說。

四月冷冷地望著整個院子裡的人，覺得要是面前有條清楚的國界，他們肯定全是一國的。

「我相信你厲害，只是不好意思勞你大駕。現在是秋收之際，大家都在忙田裡的事，你跑出來，難道金鳳沒有說話？」四月一想到要給金鳳留話柄，心裡就老大不舒服。

「我無所謂，一家人嘛。」源源說。

「男人的事，女人哪來那麼多問題？」大石又給頂撞回去，一句話堵住兩個女人的嘴。

「其實我是特意來蹭飯的啦，我最喜歡妳做的鍋粑啦，鍋粑用油和蔥花炒得香又紅，別有一番嚼勁。」源源又道。

四月嚥下惡氣，忍著不在外人和孩子面前發作，「那好，留下來吃午飯吧，我準備幾個你喜歡的鹹菜。」

「對了，把我珍藏的老酒也拿出來，好久沒和源源喝一杯了。」大石噗噗地吐出白煙。

四月面無表情。

「小紅，進來一下。」

「喔。」

母女倆一前一後進入屋內，四月旋身面對炕上的木匣，撿出那只銀簪。

「小紅，妳幫我送件東西去給金鳳嬸。」四月交代女兒。

「現在？可是我還想看源叔做搖車呢！」小紅說。

「別不懂事！」四月怒瞪小紅一眼，讓她乖乖閉上嘴巴。四月攤開掌心：「跟金鳳嬸說，我想跟她要點質地好些的紗線，紡成布料給小嬰兒做衣服。」

「好漂亮的簪子。咦，怎麼不直接交給源源叔帶回去？」小紅嘟噥。

「小孩子別問那麼多。」四月輕推小紅出門，囑咐道：「帶一個黏豆包在路上吃，快去快回別耽擱了。」

「好。」

目送小紅離去的身影，四月在心中默默與母親的遺物道別，然後才挺著便便大腹蹣跚走出院落，前往菜圃裡拔菜去。

最近天氣不好，連日來一滴雨水也沒，害得苦心栽種的蔬果也跟著面黃几瘦，一株株沮喪地垂下了頭。

四月巡視一圈，不由得連連嘆氣，最後摘了些韭菜和黃瓜，思忖著如何用這三樣蔬菜變化出不同菜色，她決定炒一道韭菜，順道拌個韭菜花黃瓜，再來煮一鍋黃瓜燉菜，待客的禮貌總得要有。

等到擬好宴客菜單，大灶也生起火來，四月這才轉至院子裡的糧倉旁，在土牆一角停下，拿樹枝於牆上刮出一道凹痕——用掉多少存糧，就刻下多少筆劃，刪去原本預備的數量。眼見劃掉的都快比預備的多，四月憂慮地想著，看來今年冬天異常難熬了。

接近日正當中的時刻，源源開始在木頭框架上纏布條進行收尾，大石則有一搭沒一搭地和源源閒聊。

「哼，女人就是小鼻子小眼睛。」大石啐道。

「我看四月臉色不大好，小倆口鬧彆扭啦？」

「她啊，老是擔心養不活孩子。」

「四月的顧慮也不是全然沒有道理，今年雨量少，庄稼也長得差。」

「說到這個我才心煩，早些年我爺爺還在的時候，整座山上都是吃的，隨便入山幾天，就能連續休息大半年。哪像現在，好東西都不知道躲哪兒去了！」大石氣憤地揮舞著煙嘴。

「時代不同啦。」

「我只是運氣不好，要是給我碰上值錢的，發了大財，誰還敢給我臉色看？」

「好好好，你厲害。我說兄弟啊，我們村子財源滾滾、人丁興旺全都指望你囉！」

「指望？」大石錯愕地頓了頓，隨即小聲問道：「怎麼？金鳳嫂子的肚子還是沒消息？」

「唉……」源源承認：「什麼天麻、貝母都吃了不曉得多少了，磨成粉、泡成水、熬成膏，只要你想得到的，我們通通試過。看來，還是得靠那玩意了。」

「沒問題，包在我身上。」大石拍拍胸脯保證。

「那就謝謝囉。」源源微笑。

此際，布塊已經將主體纏了個嚴嚴實實，就等吊繩綁定。源源取來一段粗麻繩，將兩股繩子以繁複的編法綑在一起，然後試著拉扯幾次，直到覺得萬無一失，才敢綁在搖車主體上。

「綁緊點，別讓我兒子摔下來啊。」大石道。

「呿，你這個老小子，再嫌就自己來。」源源悶笑兩聲，接著好似想起了什麼，正色說道：「不過話說回來，這天氣確實頂奇怪，再不落下半滴雨，小米、黃米都要渴死了！」

「是嗎？」大石心不在焉地應著。

源源謹慎地轉頭，往屋內瞥了一眼，確認四月不在附近後，才挨著大石說道：「偷偷告訴你，村裡人都在說，是不是該祭神了。」

「哪個神？」

「還有哪個——」

「噓，別讓四月聽到。」

源源心領神會地點點頭。

距離源源家不遠的山坡，還有其他十來戶山民，總人數不超過五十的山民們組成聚落，自稱為是一個小村，平時共助互惠地過日子。

這村子裡沒有村長，也沒有什麼耆老，薩滿倒剩下一位。上一個荒年帶走了太多人，所以整座長白山上，幾乎看不見任何年過五十歲的長者。

正因如此，村中有什麼大事必須共同商議時，大夥兒便聚集起來，你一言我一語，想辦法討論出共識，不過，通常是人多勢眾的那一方說了算。

祭祀是最為敏感的話題，也是山民心中的痛處，並非所有人都贊同舉行祭儀。求神求鬼一定有效嗎？其實誰都沒把握，然而村裡家家戶戶都認識，有時形勢比人強，為了過日子不得不低頭。

兩個男人各懷心事，沉默了好一陣子，源源才隨口問道：「你那塊田照顧得怎麼樣？」

「馬馬虎虎啦，我又不是專門種田的。」大石說。

「兄弟，我們生在山上，就是得認命。舉凡能夠養家活口的差事，通通都得撿來做。不管是耕田也好，放山也好，圍獵也好，就算要你學當個補鍋匠，你也得學會。」源源語重心長地說：「難道你忘了大荒年有多麼淒慘？四月的父母也是在那年走的，對吧？也許她還心有餘悸？我有種感覺，好像歷史要重演了。」

「呸呸呸！別烏鴉嘴。」

「大石，冬天和我一塊兒下山去趕集如何？我曉得你討厭那些商人的嘴臉，但孩子都要出生了，能賺一點是一點。」

「真煩。」

「不然呢？你以為神仙會送你個樺皮簍，裡面還會冒出仙女，給你做飯啊？聽我一句，你出門走走也好，省的在家看妻子的臉色不是？」

「養家活口是男人的事，做妻子的連這也想干預，會不會管太多了？」大石的臉垮了下來。

「男人每天在家，女人就會看不順眼，我家女人也是如此。」源源開玩笑地說。

大石瞅了源源一眼，心情好轉起來：「是呀是呀，提起金鳳嫂子那張利嘴我就怕，難怪你老往我這裡跑，圖個清淨嘛！跟嫂子一比，四月倒還懂得收斂。」

「喂，你個混蛋！虧我還幫你做搖車。」源源作勢要拿斧柄敲他，大石嘿嘿笑著往旁邊閃。

湊巧這時四月探出頭來，朝屋外嚷道：「開飯囉！」

「好！」兩個男人停止嬉笑，裝出正經模樣。

「肚子餓了，剛好搖車也做好了。」源源放下工具，起身時兩手往褲管擦了擦。

「等等，」大石攔住他，忙不迭提醒：「記得跟四月說，我也有幫忙。」

「知道啦！」源源抿著笑意回答。

第五章　餐桌

前往源源和金鳳家的路，是一條以柴刀開闢、由雙腳踩平的崎嶇山徑，沿途長滿了扎人的尖草，一不小心就會割傷皮膚，所幸季節遞嬗讓路變得好走多了，落葉和松針交織為厚實地毯，走久了也不容易腳痛。

時序入秋，空氣變得乾冷，長白山也在轉眼間成為一幅優美的意象畫。山巒身披的綠絨毯已然卸下，紅松抖落了針葉，白樺擦起了胭脂，小紅在成片橘黃中沿著淺褐色的曲徑前進，依舊穿著那身紅衣紅褲，只是多披了件襖子，成為其中補綴的一個小紅點。

小紅的九歲生辰那天，母親多備了兩個菜，父親則往她臉上用力親了一口代表祝賀。

小紅終究沒膽子開口向母親要求新衣，母親挺著大肚步履蹣跚，做起家務十分吃力，常常從東屋走至西屋便氣喘吁吁，再爬到炕上更是汗流浹背，這一切小紅看盡眼底，不忍心讓母親再受其他的苦。

尤其現在，小紅更是對自己的決定深信不疑。

若小弟弟的衣衫布料得拿母親的銀簪子來換，家裡哪還有餘錢給她揮霍？銀簪子被她悉心護在懷裡，隔著衣服布料，她幾乎能感受到簪子和自己的心跳一應一和，彷彿你來我往地對唱山歌。

小紅認為，四月把如此貴重的物品託付給她，而不敢假於源源之手，足見此事異常重要。她一定得完成使命，以生命保護銀簪，換回母親需要的紗線，不讓母親失望才行。所以小紅沒有邊走邊玩，她疾步向前，不敢耽擱片刻。

林地轉眼間趨於稀疏，松針地毯也消失無蹤，山徑轉變為一條乾裂的砂土小路，風一吹來便刮起飛砂走石，腳邊揚起無數塵埃。接著，前方拐了個大彎，小路盡頭的山坡上出現錯落有致的房屋，金鳳家近在眼前。

山民居住的屋子都大同小異，木柵欄圈起院落，院子裡立有影壁和神杆，木屋格局則是面南開門窗，堂屋左右各為睡覺的西屋和燒柴的東屋。

不過，金鳳家的屋子就是不一樣，雖然外觀大致相同，細節卻是華美得多，似是幾年內才歷經大幅度的修繕工程。

「金鳳嬸，我是小紅。」小紅走進院子，站在屋前大喊。

「來了。」一名梳著雲子髻的女人從門內出來，全身上下的耳環、戒指、鏈子隨著步伐挪移叮噹作響，猶如一隻五彩斑斕的孔雀，「唷？是妳啊，什麼風把妳吹來啦？」

金鳳比四月年輕幾歲，也纖細幾分，說起話來嗲聲嗲氣，表情豐富且手勢很多，還特別喜歡打扮。她是從山下嫁上來的，所以裡外渾身都帶有城裡人精明燦然的氣息，與務實的山民截然不同。

小紅聽說，金鳳娘家做的是線材、布料生意，在一次冬季市集裡與源源相識。金鳳的父母對眼前氣宇軒昂的獵戶和他帶來的肥美獵物相當賞識，一番打聽之下，得知源源雙親早逝，家中只剩堂弟一人，他孤苦伶仃的背景讓兩老心生憐惜，從而結下姻緣。

小紅年幼時，曾暗自盼望長大以後像四月那般賢慧良淑，但隨著年紀漸長，又羨慕起舉手投足風韻翩翩的金鳳。

今日的金鳳美艷如昔，她身穿以五色繡線勾勒出金魚戲荷塘圖樣的布衫，細膩的髮型似是抹了油，還插著一朵紅絨花。

尤其令人目不轉睛的是金鳳的左手，她的手腕上嵌著一只翠玉鐲子，色澤好比深邃幽潭，這麼多色彩和線條同時濃縮在一個人身上，讓小紅不禁看傻了眼。

「怎麼不說話？」金鳳將纖纖玉指搭在手肘上問。

小紅趕忙收回視線，不好意思地說：「金鳳嬸的紅花真好看。」

「哈。」金鳳噗哧而笑，語帶不屑地說：「這破玩意也好看？妳真該跟著上市集瞧瞧，包準大開眼界。」

「我一直很想去，但是父親不准。」小紅害羞地低下頭，雙頰泛起紅暈。

「八成怕妳被拐跑了吧。對了，找我幹嘛？」金鳳問。

「母親吩咐我帶點東西來，和金鳳嬸換些給小弟弟做衣服的紗線。」小紅說。

「是啊，我聽說了妳母親懷孕的事，老天可真是不公平哪，怎麼我的肚子就那麼不爭氣呢？」金鳳唉聲嘆氣，拍拍自己扁平的肚皮。

小紅見狀，頓時想起源源在做搖車時對她說的一席話。她馬上嚴肅地告訴金鳳：「源源叔說想生孩子必須準備足夠的供品酬神，我想一定是差了一味靈芝草，待我入山採藥，把靈芝給補上了，源叔和金鳳嬸肯定馬上有孩子。」

金鳳翻了個白眼，問：「源源那個死人跟你說的？」

「是。」小紅點頭，隨即想到源源還活得好好的，又立刻改口：「不是……」

「算了，進來吧。」金鳳勾勾手指，扭身往屋內走。

小紅進入堂屋，忍不住東張西望，只見成堆鹹菜罐子一落落地靠牆擺放，每一罐都是滿的，這表示源源和金鳳餐餐不愁沒有鹹菜吃。

他們家的大灶也狀態良好，沒有絲毫破損，而且灶上居然有個嶄新發亮的鐵鍋——一個弧度完美、內外平整的鐵鍋——不是那種經年累月使用下、坑坑疤疤的舊鍋子。

欽羨之情油然而生，小紅暗自忖度，若母親也能擁有那樣好的鐵鍋，煮飯時該會多麼高興？也許再附帶一朵紅絨花會更好。

接著她瞥見東屋裡堆滿乾燥的木柴，柴薪好比一座小山那麼高，在明年春天之前，源源大概都不必外出砍柴了。

至於西屋的圍炕上，則堆滿了各式各樣的木匣子，不用問也知道，裡面肯定裝滿城裡來的、小紅想都沒想過的寶貝。

「吃過飯沒？」金鳳站在桌邊問。

小紅從懷裡掏出黏豆包，一路上只顧著專心走路，她都忘了還有這回事，「有，我有準備。」

「只給一個黏豆包？」金鳳扯扯嘴角，做出似笑非笑的表情，又道：「要吃些點心嗎？我做了點蘇子葉餅。」

說著，金鳳便端出一盤以紫蘇和雞蛋做的攤餅，令人垂涎的香氣登時盈滿室內。

蘇子葉餅像是在對小紅招手，又像是在朝她微笑，吃慣了黏豆包，偶爾能換換口味似乎也很不錯。

可是，小紅猛然想起母親要她切莫耽擱的囑咐，於是只能嚥下口中唾沫，推托道：「不用了，我吃黏豆包就好。」

「別跟我客氣了，看妳那副饞樣，跟貓見了老鼠有什麼分別？」金鳳一把將盤子推到小紅面前，「吃吧，我家很多。」

「那我吃一片就好。」

「喏，筷子拿去。」

「謝謝。」

小紅坐上板凳，夾來一片蘇子葉餅，沒想到餅一入口，那混合蛋香和紫蘇特有氣息的美妙滋味便讓她忘了矜持。

一片、兩片、三片……小紅吃了足足六片都還沒能停下。

「看妳餓成這副德性，妳母親平時都沒餵飽妳嗎？嘖嘖，該不會我們家源源上妳家去，也只能以黏豆包裹腹吧？」金鳳問。

「我平時都有吃飽，只是沒能吃這麼好的東西。」小紅咕噥。

「好東西？」金鳳斜睨小紅一眼，「是啦是啦，我和源源膝下無子，兩個人過當然比較寬裕，不用勒緊褲帶啦。」

等到小紅吃完第八片蘇子葉餅，終於心滿意足地放下筷子，摸摸肚皮向金鳳道謝。

「夠了？」

「對，謝謝金鳳嬸。」

「別謝我，要謝就謝妳源源叔吧，誰讓他養了那麼多的雞，生了那麼多的蛋？成天吵得人想睡午覺都睡不著，最好通通宰來吃！」金鳳說。

小紅露出恍惚微笑，腦海裡浮現雞隻咯咯亂叫的畫面。她們家只有一隻老母雞，平時都當作寶貝來照顧，最近老母雞也不太生蛋了。

「妳剛剛說，想要給小嬰兒做衣裳的紗線對嗎？」金鳳扠著腰問。

「對。」小紅點點頭，掏出懷裡的銀簪子，「母親交代，用這支簪子和金鳳嬸交換。」

金鳳瞥了一眼，嫌棄地撇撇嘴道：「算了，簪子妳拿回去吧。」

「可是……」

「別囉嗦了，有順利帶回線材不就好了嗎？在這兒等著。」金鳳撇下小紅，逕自往西屋裡去。

小紅乖乖地站在門邊等，金鳳在炕上翻翻找找了一陣，隨後捧著幾卷線軸出來，她取來一塊粗布，把紗線放在布上，再將四個角打結，綁成一個小布包交給小紅。

「那我該以什麼付錢？」小紅茫然問道。

「不用錢，就算是我的新生兒賀禮好了。」

「這……」

「別這啊那啊的，快回家吧，我想休息了。」金鳳推著小紅出門，然後跟她揮揮手，算是送客的意思，「跟妳母親說我會擇期拜訪，到時再請我喝杯茶吧。」

小紅跨出院子時還有些呆滯，腦子轉不過來。她真是不敢置信，源源叔和金鳳嬸居然對他們如此慷慨大方，隨隨便便就把珍貴的紗線免費贈送。

小紅告訴自己，將來等到源源叔老了，本來是打算每七天來探望他一回的，現在改為每五天一次好了。

就在小紅沉浸在思緒中的同時，洋洋忽然出現在小徑旁，肩上扛著一把鋤頭。

「唷，是小紅啊？」

「洋洋叔好。」

洋洋是源源的堂弟，原本兩人同住本家，自源源和金鳳婚後，便在堂哥的幫助下重新起了一間屋子，與堂哥、堂嫂成為隔壁鄰居。

雖說源源和洋洋是血濃於水的一家人，外貌和性格卻是南轅北轍，若說身為獵戶的源源好似一頭精實聰敏的猛虎，那麼，從事農耕的洋洋就是一頭膀大腿粗卻不甚靈活的莽牛。

有時，洋洋的態度也如莽牛般橫衝直撞，讓小紅無法招架。

「小紅，妳今年幾歲啦？」洋洋問。

「剛滿九歲。」小紅說。

「喔，妳母親第二胎拖得可真久。」洋洋不懷好意地竊笑：「怕不怕弟弟出生以後，父母親就改疼弟弟，不疼妳啦？」

「不怕。」小紅倒退一步。

「不怕以後弟弟有餃子吃，妳只能喝煮餃子的湯？」洋洋臉上的笑意更濃了。

「不怕。」小紅感到耳根發熱，又悄悄退了一步。

「可是兒子可以傳宗接代，女兒只能嫁人。嫁出去的女兒形同潑出去的水，這樣妳也不難過？」洋洋逐步逼近，巨大的陰影籠罩小紅。

「這……」小紅恨不得挖個地洞鑽進去，明知道洋洋愛開玩笑，她卻每次都只能夠不知所措地呆站著，「小紅還得趕路回家呢，先告辭了！」

隨後，她草草鞠了個躬，像死裡逃生的兔子般火速離開現場。

已是小紅取得紗線的幾天後了，然而，四月始終惦記著金鳳給她的回覆，她覺得自己被羞辱了，滿腹怨氣無處發洩，只能用做飯來宣洩內心的委屈，剁、剁、剁，剁、剁、剁，苦了倒楣的菜刀和砧板。

她怨天氣、怨金鳳、怨大石，儘管人在灶前忙碌，心卻往田裡、溪邊和整片山坡上遊走，掛念枯黃的庄稼，擔憂日漸乾涸的溪水。秋天過後緊接著的便是冬天，這表示山菜、野果和獵物也都會跟著減少。

前陣子還能看見淙淙流水中有魚蝦嬉戲，今天早上再去溪邊，四月發現水位似乎又降了幾吋，而且魚蝦也不見蹤影。

接連快一百天沒下雨，今年才翻好的農地都快裂成瘠土，秋天的收成勢必受到影響。都說山民靠山吃山，若打不成獵、播不下種，也採集不到食物，他們還能吃什麼呢？

眾多思緒在腦海裡飛竄，就連煮個飯也不得安寧。

剁、剁、剁，刀光殘影之間，薑、蔥、辣椒、花椒、香菜和茴香都給切得碎碎細細，比指甲片上的乳白月牙還要小。

四月邊暗自生氣邊做菜，前三樣香料混點鹽巴，與炒得爆皮的黃豆一塊兒放入鍋中倒水煮至收乾，然後加上後三樣拌勻，就成了一道適合下飯的「鹹豆子」。

鹹豆子各家自有一套作法，四月的方法來自她母親的傳授，不過從前只在娘家煮過。嫁人這些年來，她頭一次端上餐桌。

為什麼煮鹹豆子？因為黃豆是好東西啊，與黍米一樣，都是變化繁複的食材。

那為什麼以前不煮鹹豆子？因為四月猜出大石可能不喜歡。不過，現在不管他喜不喜歡，都只能摸摸鼻子接受。況且，誰在乎他喜不喜歡呢？

四月每日絞盡腦汁，思索如何將相同材料烹調為不同菜餚。女人嘛，總希望能滿足丈夫和孩子的口腹之慾，即便餐餐面對的都是差不多的黍米和黃豆。

揉過的黍米包入紅豆可以蒸成黏豆包，壓為餅狀可以煮成水團子。黃豆可以做成鹹豆子，也可以加在燉菜裡，還可以釀醬油、打豆漿、做豆腐，黃豆還會生豆芽菜……

「啊！」

一個不留神，菜刀往左手指尖一畫，一道淺淺的血漬溢出皮膚，蔓延為一朵綻放的紅花。

四月把手指含進嘴裡，嚥下腥味，不由得嘆了口氣。糧倉旁土牆上的刻痕日益增加，存糧日漸短少，四月覺得肩上的壓力比腹中胎兒長得還要快。

尤其那天小紅自金鳳那兒返家後，帶回的消息更是讓四月火冒三丈……

「小紅，妳金鳳嬸怎麼說？」

「她說不收簪子，紗線是給小弟弟的祝賀禮，改天來找母親討杯茶。」

「不收？」

「對啊，金鳳嬸人真好，對小弟弟好，對我也挺慷慨，還拿蘇子葉餅請我吃。」

「妳吃了人家的蘇子葉餅？不是帶了黏豆包在身上嗎？」

「嗯……可是金鳳嬸說，黏豆包只有一個，不夠填肚子，所以讓我再吃些點心。」

「妳吃了幾塊？」

「可能……七塊還八塊吧……」

「竟然吃那麼多？想吃垮妳源源叔嗎？這下可好，金鳳還當我們家養不起妳呢！」

「不會啦，金鳳嬸頭上插著紅絨花，手上戴著玉鐲子，家裡還有好多雞蛋，不會計較這些的。母親，妳生氣了？」

再度回想起來，四月仍感覺臉上熱辣辣的，好似讓人賞了一巴掌。

雖說金鳳給了她用來縫製新生兒衣裳的線材，其中有三綑混了貂毛的紗線，以及兩綑品質優良的白棉線，足夠她給小嬰兒做兩套新衣服，還能多織一條大包巾。

但是，金鳳給的回覆，卻讓四月身深感覺自己給人羞辱了。

是啊，她珍藏多年、寶貝般供著的銀簪子，大小姐金鳳居然看不上眼，故意退了回來，讓小紅碰個軟釘子。而且金鳳還拿點心誘拐小紅，小紅是四月的女兒，不是金鳳的女兒，小紅怎能胳膊向外彎，背叛自己的母親呢！

這些年來，金鳳和四月之間一直存在某種古怪的相互較勁，猶記得金鳳剛嫁上山，因著源源和大石的好交情，兩個女人還親暱地互稱姊妹，後來小紅出生，四月忙著帶孩子，金鳳的肚子卻一直沒消沒息，二人便慢慢生疏了。

本來疏遠也就罷了，可是，四月接著又懷孕過幾次，雖說沒能保住胎兒，卻讓金鳳耿耿於懷，對四月的敵意也愈來愈深，說話語氣愈來愈尖刻。

一想到這裡，四月就滿肚子氣。她氣金鳳刻薄，也氣大石不上進，更氣自己對這一切無能為力。什麼蘇子葉餅嘛，根本是包裹著糖衣的毒餌！

外有金鳳的明褒暗貶，內有丈夫的不事生產，內憂外患交互夾擊，令神遊的四月不慎拿刀誤傷自己。幸好血很快地止住，於是四月翹起左手拇指，提醒自己放慢速度，然後繼續切菜。

「母親，晚飯煮好了嗎？需要幫忙嗎？」小紅從門外探頭。

四月面無表情，冷冷地回答：「把菜端上桌吧。」

片刻後，四月拖著蹣跚步履，一家三口圍著木桌坐下。可是，大石與小紅父女倆卻面面相覷，遲疑著沒敢動筷子。

「怎麼了？」四月問。

「那是什麼？」對於餐桌上出現一道前所未見的菜色，大石皺起鼻子，不甚確定地嗅了嗅。

「鹹豆子。」四月答。

「從來沒吃過。」大石的眉毛也跟著皺起來：「一整碗深褐色的豆米堆成小山，賣相難看，活像一窩死絕了的蟻丘。」

「什麼？」四月渾身一震，受傷的手指隱隱作痛起來。

「不難看、不難看，又是辣椒屑又是蔥末的，母親可費工夫了。」小紅搶著說：「我覺得聞起來挺香的。」

「以往我娘家常吃，還挺喜歡呢！」四月捧著肚子幽幽地說：「大荒年肆虐的日子裡，我母親常做這道鹹豆子，和苦澀的樹根與黏稠的泥巴相比，簡直是人間美味，有機會吃上一次，我可是歡喜得不得了。」

小紅吃了一口，邊咀嚼邊道：「不錯呀，好吃。」

「是嗎？」大石對女兒投以懷疑目光，慢吞吞地舉箸往嘴裡送，他咬了半天，卻道：「好鹹！」

「鹹才下飯。」四月瞪丈夫一眼。

「說的是，只要是母親做的都好吃。」小紅說。

「唉。」大石興趣缺缺地瞪著碗，老大不情願地問：「我前陣子帶回來的肉還有嗎？」

「剛回來那幾天，不是嚷嚷著說要補身子，全吃光了？」四月說。

「沒啦？」大石懊惱地搔搔頭：「不然，把我珍藏的酒拿出來喝一杯吧？」

「源源來的那天不就喝掉了？」四月答。

大石咕濃一聲，道：「那我再上山一趟，獵點松雞飛鼠什麼的。」

任誰都曉得大石並非狩獵人才，桌上氣氛頓時變得尷尬。

四月對荒年記憶猶新，往昔歷歷在目，飢餓彷彿於暗處蠢蠢欲動，丈夫的不知好歹激怒了她，於是她回嘴道：「好啊，有辦法你就去啊。」

「父親，我也要去，帶人家去嘛！我練習了好久，現在會用彈弓打果子了。」小紅央求。

「打獵是拿安全和性命去拚搏，是很危險的，又不是去玩。」大石不耐煩地回答，肚子餓會讓人脾氣不好。

「可是源源叔說我有壓山的好資質。」小紅喊。

「狩獵是男人的事，妳一個女孩子家，還是和母親學學針線活兒，把屋子打理好便行了。男女有別，紅丫頭別胡鬧。」大石板起臉孔教訓道。

「知道了。」小紅委屈地說。

大石把注意力挪回桌面，目光從鹹豆子、黏豆包、蘿蔔乾、豆芽燉菜一路看過去，再從豆芽燉菜、蘿蔔乾、黏豆包、鹹豆子一路看回來。

「除了黃豆還是黃豆，沒別的好吃了嗎？」大石抱怨。

「別挑嘴了，一粒鹹豆子能配一整個黏豆包，有什麼就吃什麼吧。」四月冷道：「對了，這幾日我噁心得厲害，沒上田裡幹活，庄稼長得還好嗎？」其實四月真正想問的，是大石到底有沒有認真工作？

「長得還可以啦。」大石說。

「需不需要請人幫忙收割？」四月又問。這個問題的背後，是想知道收成究竟有多少？

「我自己幹沒問題。」大石答。

「那好。」四月說。

「嗯。」

「嗯。」

對於大石敷衍的態度，四月霎時間食慾全消，除了心寒再無其他感覺。

第六章 山貨

「今天想玩什麼？去溪邊打水漂兒？林子裡玩捉迷藏？還是樹下扮家家酒？」小綠問。一道冷風灌進衣領，小紅縮著脖子，意興闌珊地回答：「隨便，都好。」

自從秋天捎來涼意，橘黃與金紅的色調替長白山披上新衣後，某種哀傷的情懷也悄悄尾隨而至。

再一個月，就是臨盆的日子了，四月最近行動愈來愈遲緩，脾氣也愈來愈焦躁，經常板著一張臉孔。大石形容那副面孔是「晚娘臉」，還偷偷在小紅面前戲稱四月是後媽。

大石則和四月恰恰相反，對於妻子的反常，可是完全不買帳。他近來煙愈抽愈兇，對於激怒四月更是不遺餘力。大石和四月什麼都能拿來作為爭吵的題材，做個搖車也吵，吃盤鹹豆子也吵，就連糧倉裡日漸短少的食物都能吵。

小紅真是不明白，食物本來就會愈吃愈少，難道要人別吃飯？

雙方各執一詞，她夾在大石與四月中間，幫誰說話都不對，每次開口都淪為砲灰，只有挨罵的份。例如今早出門前，兩人又為了早餐吃多吃少而大吵一架，最後索性不跟對方說話，大石窩在院子裡抽旱煙袋，四月躲在屋中織布，二人各自盤據一角，讓小紅非常苦惱。

小紅相信一定是天氣搞的鬼，大家都說天不下雨會出亂子，果不其然。

由低溫、落葉、凜風和乾燥空氣組合而成的鬼魅來了，時而幻化為繚繞的雲靄，時而是突如其來的濃霧，大多時候則是一陣讓人睜不開眼的狂風，挾帶乾燥冰冷的空氣。等到人們再次張眼，只見被大口吞噬的光裸樹梢，和滿地落葉扮演的殘羹剩餚。

這古怪的天氣，會不會就是傳說中的黑蛇妖？

「怎麼悶悶不樂？」小綠看出小紅滿腹心事。

實在不想掃小綠的興，小紅摸摸腳邊的小白兔，又拍拍梅花鹿的頭，愁眉苦臉地嘆了口氣。

「任何事都可以告訴我唷！我很善於傾聽。」小綠柔聲道。

小紅只好回答：「最近常做惡夢。」

到底是不是夢呢，其實小紅也不太確定。總之，夜裡她睡得糊里糊塗，隱約聽見父母吵架，聲音像是隔著一堵牆……

——「要我說幾遍？再等一等，還沒到真正該收成的日子。」

——「再不採收就太遲了，庄稼只會日復一日地凋零，到了最後，就什麼也不剩了。你沒瞧見被動物啃食的痕跡嗎？那表示山林裡的食物愈來愈少，連動物都得冒險來與我們搶食。」

——「那不更好？我在田埂附近放幾個陷阱，就有現成的野味吃。」

——「你是希望最好能在樹下抽煙打盹，連活兒都別幹了！」

——「女人，聽聽妳在說什麼？我難道會讓自己的妻小餓死嗎？」

——「每天對著糧倉發愁的人是我，告訴你，我們絕對撐不過今年冬天。趁著孩子還沒生下來，現在立刻採收蔬菜醃成醬菜，也許省吃儉用，還能多活幾日。」

——「哼，那不是妳能作主的。」

——「對，你是一家之主嘛，那你何不想想辦法，讓東屋堆滿取之不盡的柴火、糧倉放滿用之不完的存糧，否則黑蛇妖就要來討孩子了！」

黑蛇妖、黑蛇妖、黑蛇妖……

黑蛇妖的名字成為耳畔反覆唸誦的咒文，偷偷溜進夢裡，將意識拉下斥著黯影、啜泣聲和絕望的深淵。隔天早上醒來，臉頰上殘留的淚痕和腫脹的眼皮又幫她重新溫習了一遍前晚的夢魘。

「小綠，你聽說過『黑蛇妖』嗎？」小紅語帶畏懼，說出那讓人聞風喪膽的名號。

「沒聽說過，是騙小孩子的故事吧？」小綠一頭霧水。

「不是故事，是真的！聽說黑蛇妖會抓小孩當點心吃，如果牠真的很餓的話。」小紅堅持：「黑蛇妖就住在長白山上的天池裡啊！」

「關於天池，我倒是聽過一個傳說。」小綠拿樹椿當凳子，拉著小紅坐下，娓娓說起另一個天池的故事：「在很久很久以前，我們這兒沒有高山，只有一片大沙漠和零星的草原，牧民世代過著窮苦日子。有一年的三伏天，天氣熱得像蒸籠，一名叫做『蒙根呼』的青年熱得渾身冒煙，他取下腰間的水袋，發現只剩下幾滴水。這時候，一條小白蛇在他腳下熱暈過去，蒙根呼看牠怪可憐的，便把剩下的水全餵給牠。不一會兒小白蛇甦醒過來，朝他感激地點點頭，接著爬回草窠裡去。

「蒙根呼回到家，發現父親病了，他沒有錢請薩滿來給父親看病，只好上草原去尋找草藥。沒想到他遇到一名身穿白袍的小伙子，自稱是被他救過的小白蛇，不僅拿出一包草藥給他，還告訴蒙根呼只要有困難，便來喊三聲『白蛇哥哥』，他就會現身相助。

「蒙根呼的父親服下草藥後病全好了，接著又過了幾年，草原發生旱災，蒙根呼求助於小白蛇，白蛇囑咐他晚上出門，看到草地上有綠光的地方就刨土，肯定能找到水源。蒙根呼和窮牧民們按照小白蛇的吩咐，果然找到救命的泉水，可惜消息傳到貪心的富人耳裡，把蒙根呼抓了起來。

「富人把蒙根呼痛打一頓，逼他向小白蛇要夜明珠，蒙根呼禁不起毒打，只好跑到草原喊了三聲白蛇哥哥，對小白蛇說出原委。小白蛇很講義氣，馬上摳下一隻眼睛，讓蒙根呼帶回去獻給富人，然而富人並不知足，又要蒙根呼挖出小白蛇的另一隻眼睛，還承諾要給他享之不盡的榮華富貴。

「蒙根呼食髓知味，便帶了人手埋伏在草原，把小白蛇喊出來後一擁而上，要挖掉牠剩下的眼睛。小白蛇一看大怒，霎時狂風四起黑煙瀰漫，在雷鳴電閃之間，小白蛇化為一座白色的山峰，將蒙根呼和所有惡人全壓在山峰底下。

「小白蛇化作山後，仍惦記著草原上窮苦的牧民，於是把剩下的眼睛化成山頂的一池清水，流下清水來造福人民。後來，人們就稱這座山為『長白山』，水池則是『天池』。」小綠告訴小紅：「這就是我們長白山的由來。」

「會不會……小白龍就是黑蛇妖，要來報復我們了？」小紅畏懼地雙手交叉抱著自己。

「不可能，白龍和黑蛇怎能混為一談呢？」小綠搖搖頭。

「說不定黑蛇妖趕走了小白龍，霸佔了天池呀！」小紅又說。

「那我就不曉得了，妳一直不斷提起黑蛇妖，是不是夢到牠了？」小綠同情地點點頭，說：「夢境一定很可怕。」

「其實，我夢見家人捱不過這個冬天，不是先餓死，就是讓飢餓的黑蛇妖吃掉。」小紅說。

「餓死？妳家很窮嗎？」小綠問。

小紅被戳到痛處，立刻瞪著眼睛說：「我家才不窮，我父親可會賺錢了！是今年天氣不穩定，加上山老爺沒保佑，所以運氣不好。」

「我沒有要笑妳的意思啦。」小綠拉拉小紅的袖子，好聲好氣地說：「如果是食物的問題，那好辦呀，我們今天不打水漂兒也不捉迷藏，去林子裡摘野菜讓妳帶回家，這樣好不好？」

「這我也想過，偏偏我只認識菜圃裡種的菜。」小紅嘆道。

「沒關係，我知道什麼可以吃啊，像是薇菜、木耳、還有猴頭菇。」小綠說。

「你認得那些菜長什麼樣子？」驚喜的笑容在小紅臉上漾開。

「是呀，包在我身上。」小綠拍拍胸脯道：「別忘了我們還有梅花鹿和小白兔，只要牠們不吃的，我們肯定也不能吃。」

做出決定以後，小綠和小紅即刻動身，他們離開美人松林，往長白山南麓緊鄰溪水之處走去。

南方有片幅員廣闊的落葉松林，高聳的松樹之間偶爾點綴低矮的榆樹、櫟樹和忍冬，黃、紅、青、綠不同色調的樹濤起伏有致，猶如一片深邃且變化多端的樹海。

小綠和小紅並肩走入森林，途經被山葡萄等藤類攀爬纏繞的灌木叢，小綠一眼認出一種伸手可及的植物是能吃的山菜。

「瞧，這種卵形葉片的樹叫作刺拐棒。」小綠指著它，告訴小紅：「像採茶一樣將嫩芽掐下，去掉嫩葉只留細梗就可以吃了。」

「好。」

小綠挪動步伐再往前走，找到另一種尾端蜷曲好似孔雀羽毛的野菜，「這是薇菜，也是吃頂端最鮮美的一段。」

說著，小綠便折下其中一支，抹去絨毛交給小紅。

小紅手捧薇菜，一股宜人清香瞬間撲鼻而來，她感覺心中再度升起希望，胸口重新被點燃，又有能力發光發熱了。

他們採了一會兒薇菜，又採了刺拐棒，還在一截枯木附近找到幾片質滑細嫩的黑木耳，以及一種肥厚碩大、長相怪異、好比渾圓毛茸猴子臉的蕈類，小綠宣稱那玩意叫作猴頭蘑，滋味好比真正的肉。

這時，小紅想起曾對源源許下的承諾，於是問道：「這裡會不會有靈芝呢？」

「我是沒見過，靈芝是神草，能不能碰上得看運氣。」小綠說。

「好吧，希望我們今天運氣夠好。」小紅說。

由於手邊沒有籃子，小紅乾脆把襖子脫下來鋪在地上，變作攤開的大包袱，把她辛苦摘來的戰利品一字排開。轉眼間，襖子上就放滿了刺拐棒、薇菜、木耳以及猴頭蘑。

小白兔顯然對滿地食物很感興趣，牠一蹦一跳地湊了過來，趁著小紅不注意，張嘴就搶下一枝薇菜。

「唉呀，這是我要帶回家的，你去吃草嘛！」小紅輕輕揮趕小白兔。

沒想到小白兔轉個身，再次以迅雷不及掩耳的速度偷走一枝刺拐棒，讓小紅氣得跺腳。

「牠真是識貨。」小綠見捧著肚子笑岔了氣。

這回小紅趕跑兔子後，刻意闔上包袱，然後才敢離開原地繼續摘菜。她在草堆中發現一把肥厚的菜葉，心想這下有口福了，正準備動手採下的時刻，突然間，梅花鹿衝了過來，以鹿角頂開小紅伸長的手臂。

小紅嚇了一跳，隨即罵道：「連你也來搗蛋？」

「小紅，妳弄錯啦，要這種有毛的才對。」小綠扯下兩片葉子，教導小紅仔細比對，「那種不能吃，吃了會舌頭麻。」

「對不起，梅花鹿，我錯怪你了。」小紅不好意思地扯扯辮子。

等到山菜裝得滿滿的，包袱也重得拿不動了，小紅便從腰際取下彈弓，以勤於練習磨練出的神準技巧，打下樹上的最後兩顆瘦蘋果。隨後與小綠、小白兔以及梅花鹿坐在草地上分食。

吃完以後，小綠突然心血來潮地說：「走，我們去祕密藏身地。」

「不是講好了今天不玩耍，要認真幹活嗎？」小紅納悶。

「起來嘛！」小綠伸出手，把坐在地上的小紅拉起來，接著一把扯下衣服上的流蘇，笑嘻嘻地說：「我們去種衣服。」

小紅噗哧而笑：「傻瓜，衣服又不會發芽。」

「在仙人之境，說不定真的會喔！」小綠故作神祕地眨眨眼睛，解釋道：「摘了那麼多野菜，我們也該種點什麼回去，取之於森林，也要回饋森林嘛。」

「滿有道理的。」小紅歪著腦袋，邊思索邊喃喃說道：「那我要種什麼？萬一母親看到我衣服破了，肯定會生氣的。」

「種綁頭髮的紅繩子如何？」

「好主意，就種在百花公主的泉水旁邊吧，但願我倆許的願望能夠實現。」

小紅與小綠一人抓著包袱一角，帶著小白兔和梅花鹿，有說有笑地離開落葉松林。

四月承認，小紅採摘的山菜確實對他們家產生莫大幫助。要不是四月懷孕，便便大腹和浮腫雙腳不允許她長途跋涉，她也想過要深入山林，不管是放機關還是挖地洞，總之弄點野菜、藥草或獸禽一類的「山貨」回來。

連續吃了幾天小紅帶回的山菜，四月也研發出一套處理野菜的獨門食譜，刺拐棒洗淨直接拌上蒜泥和蘿蔔泥，就成為一道脆嫩回甘的小菜。薇菜則是稍微川燙後瀝乾，再簡單涼拌蒜末，入口後清爽不膩，彷彿把森林的清新都吃進嘴裡。

大石對餐桌上的新菜色讚不絕口，終於不再擺出一張苦瓜臉，彷彿吃飯是件要命的苦差事。他還猛誇小紅能幹，宣稱女兒尋找山貨的天賦絕對是源自於血脈。

四月亦是訝異於小紅竟然懂得辨識植物，這項技能從前是代代口耳相傳而來，例如四月，就是經驗豐富的祖母傳授給她母親，母親再教導四月。

「孩子，妳仔細看看，紅菇娘和黃菇娘雖然長得像，果實都似是一盞盞小燈籠，兩者卻截然不同。紅菇娘口感苦澀，治療嗓子啞和舌炎特別有效，但懷孕婦女可千萬別吃，否則有流產的風險。至於黃菇娘則甜美多汁，沒有什麼藥用功效，可以拿來當零食。另外還有一種比較罕見的叫做大鼻子菇娘，那種就帶有毒性了，吃了以後舌頭會刺刺的。」母親教導四月的情景歷歷在目，每每想起，總令四月淚流滿面。

四月小時候學了不少，自己也當母親以後，卻始終沒能把本領交給小紅。也許是日子太忙，無暇分神訓練女兒，也可能是覺得小紅年紀還小，不放心她往太深幽的山裡去。又或者，是四月心中的鬼魅作祟，怕這個女兒養不大……

所幸天天在山裡玩耍的孩子，竟自然而然激發了身為山民的本能，真是神靈保佑！四月甚至交代小紅下次帶個籃子出門，多摘一些野菜回來，剁碎了可以做成餃子餡。

「母親，金鳳嬸來了！」小紅匆匆奔進堂屋，打斷了四月的思緒。

金鳳來做什麼？四月心裡不住犯嘀咕，懷疑她是黃鼠狼給雞拜年，沒安好心眼。

「小紅啊，妳母親躲在哪兒啊？」金鳳在院子裡大呼小叫。

四月捧著圓滾滾的肚子，放下手邊工作前去迎接，「怎麼來了？」

「來討杯茶喝啊！」金鳳瞪了小紅一眼：「丫頭，沒跟妳母親說嗎？」

「我有。」小紅怯生生地說。

「來了就來了吧，可惜家裡沒什麼好東西，只能給杯水。」四月平心靜氣地說。

「水也行。」金鳳大喇喇地擠進屋內，擺明賴著不走。

四月滿心無奈，只能轉身倒水。

她暗自思忖，金鳳這女人今天打扮得花枝招展，身穿一件鑲著毛邊的皮襖，好似擔心人家忘了她娘家有錢，經常從南方買來高級物品。髮髻上還插了小紅上次提過的紅絨花，那朵頭花足足有巴掌那麼大，看得四月眼睛痛。

四月很想問問金鳳是準備改嫁，還是要跟人學唱戲？又怕自己說這番話太過刻薄。

「喝水吧。」四月把杯子推給金鳳。

金鳳舉杯時故意抬高手腕，炫耀似地秀出一只通體翠綠的手鐲，貴氣的飾品有畫龍點睛之效，將她整個人襯托得好像一隻昂首闊步、眼神睥睨的孔雀。那身要價不斐的衣物和飾品，四月大概一輩子都奢望不起。

四月乾咳兩聲，會意到金鳳是存心炫耀，故意來給她難堪的，她突然很後悔開門放金鳳進來。

「在忙什麼？」金鳳抿了一口清水，問道。

「打算趕在生產前，把菜圃裡收回來的瘦蘿蔔做成鹹菜。等到生下孩子，就沒這些閒功夫囉。」四月說。

「喔，」金鳳東張西望，問：「妳丈夫人呢？」

「去田裡了。」四月冷道。

「是嗎？我還以為那位大老爺成天待在家裡抽旱煙，想替你勸勸他呢！」金鳳哼了哼。

「誰說的？」四月臉色一僵。

「還有誰，不就源源囉。我那個傻丈夫，成天都想把好東西往妳家送，說是他兄弟的妻子快要生了，需要補一補。唉，真羨慕啊，我不像妳命那麼好，懷孕跟母雞下蛋一樣容易。」金鳳酸溜溜地上下打量四月的肚子。

四月的神情變得更加鐵青，她咬著牙道：「妳明明曉得不是那樣的，這些年來，我也失去了好幾個孩子，小產很傷身體……」

「小產又如何？起碼山神記得照顧妳，哪像我，從城市裡搬上來以後水土不服，連山神也不肯眷顧。」金鳳放下茶杯，恨恨地指天罵道。

又來了！四月憤怒地想著，每次和金鳳碰面，談話總會往兩個人都不喜歡的方向發展，最終弄得不歡而散。

她無法理解金鳳為何老愛和她過不去，彷彿四月偷走了金鳳的好運氣，而懷孕是什麼見不得人的勾當似的。

「母親，小產是什麼意思？」小紅輕扯四月的衣袖。

「小孩子別問那麼多。」四月拍開小紅的手，低聲喝斥。

這時，金鳳晃到爐灶附近，忽地大驚小怪喊道：「唉呀，可憐唷，餓到都吃起山菜啦？」是小紅昨天採回來的薇菜和木耳，成堆成堆地放在灶旁的地上，把堂屋裝飾得彷如一座小森林。

有了這些山菜，本來四月是很開心的，此刻卻覺得看起來好礙眼。早知這牙尖嘴利的女人要來，她肯定會先收拾屋子。

「小孩子好奇，想知道山裡什麼能吃、什麼不能吃，所以採回來給我看看。」四月強自鎮定，以平淡的音調回答，不願意洩漏被激怒的心情。

「原來如此，看來養兒育女還真累人。」金鳳譏諷。

「是啊，孩子就是喜歡給父母找事做。」四月說。

小紅一直安靜地聽著二人對話，此時忽然面露不解，開口問道：「母親，妳前兩天不是還誇我，說這些菜幫了家裡很多忙？」

金鳳立即露出一抹了然於心的冷笑。

四月羞愧得無地自容，她低聲訓斥：「大人說話，小孩插什麼嘴？」

「別怪這丫頭啦。」金鳳彎下腰，又哄又騙地對小紅柔聲說道；「要是家裡沒吃的，快要餓死了，儘管和源源叔還有金鳳嬸說喔，我家還有很多蘇子葉餅。」

「謝謝金鳳嬸。」想起美味的餅，小紅不禁雙眼一亮。

四月覺得好丟臉，好想甩女兒一巴掌，但她強迫自己冷靜下來，要是不小心失控，她一定馬上淪為全村的笑柄。

「妳不用這麼客氣。」四月寒著臉說。

「我們兩家人本來就不分你我，呵呵，妳該不會不曉得，妳丈夫帶回來的山貨，都是我丈夫給的吧。」金鳳不懷好意地笑道。

四月悶哼一聲，感覺胸口一陣絞痛，腹部也跟著抽痛，好像任人打了一拳。

「妳以為我不知道嗎？自己丈夫有多少本事，作妻子的當然一清二楚，所以我才想用銀簪子付錢。」

「喔，那個不值錢的爛簪子啊，我嫌擺在家裡佔位子。」

淚水扎痛了雙眼，深受刺激的四月只覺得恍惚，整個身體搖搖欲墜，「妳說什麼……」

「金鳳嬸，那銀簪子可好看了，是我母親的寶貝呢，怎麼可能不值錢？」小紅抗議。

「妳說好就好囉。」金鳳滿不在乎地回答，轉向四月又道：「那就恭祝妳喜獲麟兒囉，別說我們夫妻倆不夠意思，我和源源又是送紗線、又是幫忙做搖車，改天萬一大石，可別忘了我們啊。不過說到這個萬一嘛，機會還真渺茫，呵呵。時候也不早了，我要回去了。」

「小紅，送客。」四月的眉頭糾結，雙手抱著肚子，表情像是痛苦不堪。

金鳳扭著身子往屋外走，臨跨出門前，再回頭說道：「差點忘了，源源要我跟大石說，河水都快結凍了，看這天氣，冬天興許要提早報到，讓他趕緊把行李收拾好，準備下山到市集跑一趟，畢竟，他們還得趕在祭祀前回來啊。」

「祭祀？」四月失聲道。

「是啊，妳沒聽說？村裡人已經決定好，要在臘月後迎神祭神囉。」金鳳拋下這句話後揚長而去。

「啊……」四月終於雙膝一軟，整個人沿著牆壁向下滑，最後跌坐於牆角。

「母親？」小紅朝她衝來，眼裡滿是懼色：「母親，妳還好嗎？」

「快！去田裡把妳父親找回來。」四月慘白的面孔宛如冰川，豆大汗珠自額際淌下，她揉著肚皮，改以嘴巴大口呼吸，勉強從牙縫擠出話語：「快去，我怕是要生孩子了……」

第三部　冬

第七章　新生兒

新生兒的微弱啼哭好似小奶貓的叫聲，他皺起小臉，在薩滿懷裡啜泣，彷彿對於被拖出母親溫暖的子宮、來到冰冷人世表達出強烈不滿。湊巧的是，長白山今年的第一場雪也在同一個夜裡降下，好似神靈為新生兒洗塵。

整個晚上，大石都在院子裡焦急踱步，踏遍了屋前每一吋土地。

四月的產兆來得出乎意料，比預期提早了近一個月，而且陣痛又快又急，好似從零直接飆升到十。

當小紅揮舞著雙臂衝進農田，連鞋子都踢飛一隻，再和大石拔腿狂奔返回老屋時，四月已痛得不省人事，整個人癱倒在地板上，褲襠還濕了一大片。

第一胎陪產的經驗告訴大石，四月是羊水破了，於是他將妻子抱到炕上，交代小紅寸步不離地守著四月，接著又獨自跑上好一段山路，連夜請來村中唯一的產婆。

與其說是產婆，不如說是個薩滿，同時也是幾個世代以來，長白山上最年輕的薩滿。

消息捎來門前的時刻，薩滿抬頭望天，像是在漆黑無邊的夜色中尋找徵兆，然後隨口咕噥了幾句不祥之類的話，便匆匆收拾藥罐和包袱，命令大石扛著，自己則踏著不疾不徐的步伐跟在大石後面。

「薩滿，能不能走快一點，我很急啊！」大石滿頭都是汗。

「急個屁！要是我跌斷了腿，就沒人幫四月接生了。」薩滿責備地瞪了他一眼。

這位薩滿是上任老薩滿的親外孫女，大荒年肆虐的那年冬季，山上埋葬的人數比接生的人數多出許多，幾乎聽不見以疼痛迎接生命的歡欣哭泣，只聞哀悼死人的悽厲哭聲，其中多名亡者還是挺著大肚子的孕婦。

在聽見新生兒的哭聲之前，死亡就搶先奪去了她們的呼吸，經手生死大事的薩滿因此明白，生與死的距離異常接近，從而練就出冷靜的個性。

老薩滿是個深具智慧和遠見的老人，大半輩子都在替人醫病和命人掘墳中度過，很早便認清了家中糧食只夠他或外孫女其中一人獨活。因此，他果斷做出決定，讓還有機會學習更廣、見識更多的外孫女活下去。

「要嘛兩個人一塊兒死，要嘛一個人撐得久一點。」老薩滿告訴年輕薩滿：「我活夠本了，經驗和歷練都比妳豐富，讓我去服侍山靈，在閻王老爺面前，也許還能替村民們擋一擋。」

「為什麼我們不下山，離開村子討生活？」那時她問。

「生在山上，是我們的命；留在山上，是我們的責任；至於要不要死在山上，是我個人所選擇的歸屬。」老薩滿語調平靜地對她說：「等到以後，妳也可以選擇自己的歸屬。」

雖說是有史以來最年輕的薩滿，但是她的學識並不亞於老薩滿。畢竟老薩滿在餓死之前，可是傾盡全力教她，直至嚥下最後一口氣。

「恭喜，是個男孩。」金色曙光和銀色雪花共舞的破曉之際，薩滿從屋內探頭。

「謝天謝地、神靈保佑！」大石雙手合掌膜拜青山，

他踩著紊亂的步履跌跌撞撞闖入堂屋，驚醒靠在牆邊打瞌睡的小紅。

「生了？」小紅揉開惺忪睡眼。

由於被薩滿趕出圍炕，小紅只得窩在溫暖的灶旁，以四月分娩時的低泣與呻吟為搖籃曲，摟著那隻事後尋回的鞋子入睡。

「生了！是個男孩。」大石喜孜孜地說。

小紅跟著起身，與大石魚貫進入西屋，此時，薩滿將粗布包裹的小嬰兒輕輕放在四月胸前，嬰孩的母親看起來十分疲累。

「紅丫頭，快來看看妳的小弟弟，是不是很可愛？」大石的目光始終在新生兒身上逗留。

小紅蹭到四月身邊，瞪著小嬰兒皺巴巴的粉紅小臉，良久才吐出一句：「好像猴子。」

「剛出生都是這模樣，妳小時候也是啊。」大石放聲大笑。

「噓，別吵到他了。」儘管披頭散髮，四月的嘴角卻微微上揚。

「好。」大石抿著笑意。

他著迷地凝視嬰兒，彷彿那是一枝名貴稀罕的藥材。望著孩子規律起伏的胸口，他的體內倏地湧現一股溫熱的愛意。

這是他和四月的兒子、他們家的血脈，是期待以久的繼承人。大石相信，倘若他的父母尚在人世，肯定會殺豬宰羊、大張旗鼓地慶賀一番。

此時，四月一手摟著襁褓，一手開始寬衣解帶，露出單側緊貼皮膚的乾癟乳房。她以指尖用力掐擠乳頭，看得大石頭皮發麻，等乳頭泌出一兩滴奶白色乳汁時，迅速將乳房湊到嬰兒嘴邊，然後塞進嘴裡。

嬰兒吮了一下，四月臉上露出滿足的笑容。

然而下一秒，嬰兒卻像是筋疲力盡似地吐出乳頭，嚶嚶哭泣起來。四月再次捏起乳房塞進嬰兒嘴裡，乳頭馬上又從鬆軟無力的唇邊掉出來。

「怎麼會這樣？」四月向薩滿投以困惑眼神，「他怎麼不吸奶？」

「唉，哪個嬰兒喜歡降生在冬天，被凜冽寒風擁抱呢？這孩子還不足月，加上又是急產，恐怕有些體弱。」薩滿理所當然地說。

「可孩子若不吸奶，怎麼養得大？」四月驚慌失措地瞥向丈夫。

「他會活下來，對吧？」大石問。

薩滿面無表情，平靜無波的臉上完全沒有迎接新生命的喜悅，「我可不敢那麼樂觀，生與死的距離非常接近，有時只在於彈指之間。」

「什麼？」大石愕然。

「妳的意思是……不！」四月的目光變得狂亂，她神情絕望地摟緊嬰兒。

「嬰兒膚色青紫、呼吸微弱，哭聲更是無力，雖然我接生的次數不多，但也看得出嬰兒的體質是健壯還是孱弱。孩子在這個節骨眼降生於世，根本就是個錯誤，要是能在母親肚子裡多待十天半個月，也許就是個健康白胖的娃娃了。」薩滿表示。

大石聽了薩滿的一席話，頓覺氣血上湧，他不高興地質問四月：「不是讓妳多休息，不要太操勞嗎？妳又幹了什麼？」

四月惡狠狠地瞪了回去，眉心皺紋也像在控訴：「糧倉都快空了，我能不幹活嗎？」

「妳的意思是怪我沒有認真幹活囉？」大石也跟著提高音量大聲起來。

小紅被嚇得愣在原地，原先正在收拾藥罐的薩滿也停下動作，心煩地瞥了兩人一眼。

「我忍不下去了、我忍不下去了……」四月低聲呢喃，蒼白的臉孔轉為豬肝色，接著她驟然放聲痛哭：「我再也忍不下去了！」

「母親？」小紅哽咽。

襁褓中的小嬰兒像是感染了母親的情緒，不安份地扭動起來。

四月的舉動來得突如其然，只見她驀地舉起襁褓作勢要扔，臉上嫌惡的表情彷彿手裡捧的是一包骯髒垃圾。

說時遲那時快，薩滿一個箭步從四月手裡搶下嬰兒。

四月給氣瘋了，立刻抓起距離最近的藥罐，砰的一聲砸在牆上，藥罐霎時摔得粉碎，裡頭不知名的草藥也灑了滿地。

小紅嘴巴愣愣地張開，被這一幕嚇傻了。

「妳瘋了嗎？」大石氣憤地咆哮。

「是喪失心神了，要說瘋了也行。」薩滿說。

「這孩子要是活不了，你和我通通一起陪葬！」四月轉頭，瘋狂的眼神襯著鬆垮的眼袋。

「怪我幹嘛？又干我啥事了。」大石被那眼神震懾住了。

「怪你！還有怪金鳳那個女人！」四月崩潰地扯著嗓子尖喊。

「與金鳳有何干係？」大石嘟噥。

「都別吵了，神靈要誰生、要誰死，不是我們凡人能干預的。」薩滿怒喝。

這時，四月好似被施了法術，乖乖閉上了嘴。

「孩子的父親，出來講話。」薩滿嚴肅地對大石說。

薩滿提起腳跟步出老屋，來到院落內的神杆旁，大石則緊跟身後。

「薩滿……」

不等大石開口，薩滿忽然旋身怒罵：「真是個傻瓜粗人呆頭鵝，你想要同時失去兒子和他的母親，兩副棺材省做一副嗎？」

「啊？」

「你的妻子因為生產失血過多，全憑意志力苦撐著，你的孩子早產，現在命在旦夕。結果你還對將死之人發脾氣？不怕因為你的一時無心，逼得妻子一頭撞死，化身為山丹丹來證明自己的清白？」薩滿的眼中噴出火光。

「怎麼會……」

薩滿回頭看了老屋一眼，壓低音量道：「就是怕孩子的母親聽了會暈過去，所以才喊你出來，這嬰孩……恐怕活不過三天，準備一下後事吧。」

一片雪花飄落，在大石臉上化作熱淚。

薩滿默默無語，長長地嘆了口氣。

小紅突然出聲，她哀求道：「可是妳是薩滿，一定有方法救治弟弟，求妳救救我弟弟。」

大石差點忘了小紅也在場，他強忍悲痛，也道：「是啊，小紅說的沒錯，薩滿熟悉各種草藥，會治病醫人，一定有方法救活這孩子，對不對？」

「當年我外公因村人而死，現在你要我也把命搭進去？」薩滿神色不善地問。

「家人是我的責任，沒了四月和兒子，我要怎麼跟列祖列宗交代？」大石問。

小紅二話不說，朝地上一跪，「求妳了。」

薩滿面有難色，沉吟半晌後回答：「我確實知道有種草藥或許可以救孩子一命，問題是那草藥非常難找，已經很多年沒人見過，況且近來天候不佳，光是入山就是個大問題，至於入山後能否找到，也是個未知數。」

「就算機會渺茫，我也要找到那救命的草藥，無論付多少錢都願意。」大石懇求。

「我很同情你們的處境，可是村中還有其他人需要我，我實在分身乏術啊！」

「那麼，請妳告訴我藥草長什麼模樣，我讓金鳳過來照顧四月母子，然後親自入山去找。」

「這就是為什麼我無法抽身，村中爆發了傷寒，過半數村人染病，金鳳便是其中一個。妳要她來幫忙？我看她早都自顧不暇了。」

心急如焚的大石給逼急了，握起拳頭便砸在土牆上，力道之猛，震下堆在屋簷的雪霜，「莫非要我眼巴巴地看著四月和孩子死？」

小紅於心不忍，於是自告奮勇：「我去！我熟悉山林，天天都滿山跑著玩，請薩滿告訴我草藥的樣子，我一定替小弟弟找了來，讓父親在家照顧母親和小弟弟。」

「不行！太危險了。」大石斷然拒絕。

「我不希望母親和小弟弟死去。」小紅堅持。

薩滿由下而上，將小紅仔細端詳一遍，接著把大石拉到角落，附在耳畔悄聲說道：「讓小紅去不失是個法子，採藥的工作，我從五歲起就隨著我外祖父入山學習了，小紅可比我那個時候大得多，沒問題的。」

「與其讓女兒身陷險境，還不如我自己去。」大石強硬地說。

「真是個笨蛋蠢人傻大個。」薩滿鄙夷地翻著眼，冷道：「讓小紅去是搏一把，倘若失敗，最糟的情況便是損失兩個孩子，四月也許還有救。可若換作是你沒命回來，家中沒個男人，要他們母女三人如何活下去？那可就不只兩條人命了，而是一家四口啊。」

「妳是要我犧牲小紅？」大石愕然。

薩滿抬起頭來，目光落在神杆高處，「藥草不只是給嬰兒續命，也是給母親補身的。母親食用以後，再透過母奶把營養和藥性傳遞給孩子，這樣一來，對雙方都有益，四月以後還能再次懷孕。反正你和四月還年輕，想生孩子多得是機會。」

「這——」

「你若是再猶豫，可就來不及了。」薩滿不耐煩地說。

「好吧。」大石勉為其難地允諾。

隨後，薩滿把小紅叫到身邊，從地上拾起一根枯枝，畫出一朵小傘似的蕈菇模樣。

「妳要找的是一種『九扣還陽靈芝草』，外皮是紫紅色，長得像頂發福的斗笠，又像一柄玉如意，上頭有一輪輪的雲狀環紋。這樣明白嗎？」薩滿問。

「明白。」小紅乖巧地點頭。

「九扣還陽靈芝草喜歡生長於貼近地面的潮溼環境，所以妳儘量往背光的地方走。」薩滿神情肅穆地交代小紅：「「妳若成功，便是全家人的救命恩人；妳若失敗，母親和弟弟也會一起沒命。」

接下來，老屋裡外的光陰流動彷若快馬加鞭，小紅聽進薩滿的話，火速收拾起包袱，抓了幾個黏豆包塞進懷裡，又帶上彈弓和彈丸，這才裹緊襖子、拉好帽兜，向父母和薩滿拜別。

「父親，女兒要動身了，請您保重。」小紅說。

「等等，小紅，帶上這個。」大石將一根木棍遞給小紅，「帶著它，我們家列祖列宗都會保佑妳。」

「這是您的索撥棍……謝謝父親，我不會讓你失望的！」小紅眼眶一熱，噙著淚道。

小紅穿越院落時沒有回頭，走過門樓時也沒有回頭，她踏著堅定的步伐步上泥土小徑，化作白雪皚皚中的一個小紅點。

目送小紅逐漸消失的背影，薩滿輕聲對大石說道：「剩下的，就只能交給老天爺了。」

「小綠！小綠！」小紅全速奔跑，有如一陣狂風，衝進美人松林時大喊大叫。

時間還早，她不確定小綠到了沒，然而或許是心有靈犀，今日小綠竟提早抵達那棵最高的美人松下。

他雙手交握於背後，臉上寫滿寧靜祥和，在紛飛的細雪中宛若出塵的仙人。

「你一定要幫幫我。」小紅淚眼婆娑地奔向好友。

「怎麼了？有話慢慢說。」小綠一把摟住差點踉蹌跌倒的小紅。

小紅在小綠的安慰下，結結巴巴拼湊出事情經過，儘管她說話顛三倒四，表達得七零八落，小綠仍然聽懂了八九成。

「靈芝草可以救妳弟弟？」小綠問。

「對。你知道哪兒有嗎？」小紅問。

「我的確聽過有種長了九九八十一層雲紋的靈芝，被稱為『九扣靈芝』，至於到底能不能還陽，就不得而知了。」小綠懷疑地說。

「薩滿不會騙人的。」小紅緊握雙拳。

「好吧，其實從我們的祕密藏身處再往裡邊走一些，有片人跡罕至的岳樺林，因為樹幹在風吹雪壓下扭曲變形，看起來十分恐怖，所以人和動物都不太喜歡去那裡。也正因如此，草木得以恣意生長不受破壞，若說長白山上哪裡有靈芝草，那處岳樺林大概最有機會。」小綠告訴她。

「我想去，帶我去！」小紅要求。

「但是……」

「但是什麼？你快說呀！」

「昨夜降雪了，冰雪能掩蓋一切，找到靈芝草的可能性微乎其微。」

「就算是這樣，我也要去找找看。」小紅堅持。

「還有，」小綠遲疑地皺起眉頭，「據說岳樺林裡住了隻可怕的東西……」

「東西？」小紅的心跳漏了半拍。

「嗯，這也是其他動物不敢靠近的原因之一。」小綠道。

小紅忖度，該不會那「東西」，就是是母親耳提面命的妖怪吧？可是她管不了那麼多了，小弟弟還等著救命呢。

「我不怕，不然你幫我指出方向，我自己去。」小紅不顧一切，勇敢地挺起胸膛。

小綠深深望入小紅眼底，說道：「好，我們走。」

「你願意陪我去？」小紅訝然。

「當然，妳以為我會因為害怕而拋下妳一個人嗎？我們可是好朋友呢。」小綠點點頭。

於是，小紅和小綠冒著風雪，拄著木棍上路了。

上山採藥本身就是件苦差事，跟採山菜一樣，很容易看走眼。

執意在下雪天裡上山採藥，則更是難上加難。雪愈下愈大，成為一道遮蔽天日的雪幕，積雪也愈來愈深，一下子就淹沒腳踝，身材矮小的孩子簡直舉步維艱。

由於看不清天光，兩人也不清楚究竟過了多久，當他們走得口乾舌燥，雙腿發麻的時刻，終於抵達百花公主殉身的石壁。

小紅與小綠穿越狹窄的石壁夾縫，此時的瀑布只剩下可憐兮兮的一縷清泉，乾旱讓河道變得淺窄，原本藏在水下的石頭露了出來，讓河流像是一面切割得破碎的鏡子。

兩人喝了點溪水，再吃下黏豆包補充體力，稍事休息了一下。

「現在還要走一段上坡，妳行嗎？」小綠指著前方未曾造訪過的樹林問。

「行！」小紅鼓足了氣回答。

小綠會心一笑，露出刮目相看的神情：「哇，妳變得好勇敢。」

「全家人都指望我嘛。」小紅不好意思地說。

緊接著又是一段充斥挑戰的路程，路途中，小紅和小綠不再交談，把全副心力留給擋路的枯枝、凍僵面容的冰冷空氣和每走一步腳就往下陷的雪地。

一段時間之後，他們漸漸把熟悉的樹林拋在身後，來到一處林木稀疏的岳樺林地。

確實如小綠所言，山勢高度助長了風勢，在狂風恣意舔舐下，這裡的樹木奇形怪狀，枝幹歪七扭八，整座林子瀰漫著陰森而詭異的氣息。如果樹有個性，小紅認為這裡的樹伸長了枝椏相互推擠，感覺特別霸道。

這時，一陣凜風呼嘯而來，樹枝在風中劇烈擺動，彷若群魔狂笑亂舞，小紅還以為自己聽見了亡靈的低泣。

她提醒自己專心，在腦海中將薩滿的叮嚀複習一遍，接著往潮溼陰暗的低窪處走，來到幾棵倒地的枯木旁，以木棍撥開積雪，在盤根錯節的樹根之間仔細尋找。

事情比預期來得順利，當小紅走向第二棵枯木時，一朵碩大完整的靈芝就在幾尺外等著她，儘管覆蓋著一層冰霜，仍可輕易看出它好比撐開紙傘的優美形狀。

「小綠，我找到了！」小紅興奮地尖叫。

她輕輕拍去積雪，完美的八十一道雲紋霍然映入眼簾。小紅以顫抖的手指摘下珍貴的九扣還陽靈芝草，費了好大的力氣才按捺下心中狂喜。

「太好了。」小綠也替她感到高興。

手裡的靈芝份量紮實，感覺比布料重又比木塊輕，小紅快樂地想著，既然靈芝如此肥厚，說不定還能掰下一塊，讓源源和金鳳也服下幾口，這樣一來，明年就換他們迎接新生兒了。

「什麼聲音？」小綠警覺地抬起頭來。

小紅也跟著側耳傾聽，一道細微聲響傳入耳際，兩人同時迅速轉頭，剎那間，他們倆與一對燃燒中的金光對上了眼。

從微微上鉤的杏仁形狀，小紅認出那是一雙炯炯有神的金色鹿眼，眼神中帶有戒備。

「不過是鹿嘛。」小紅悄聲道。

「不，沒那麼簡單。」小綠以氣音回答。

被小綠這麼一說，小紅也發覺奇怪之處。

第一，小紅從沒看過有什麼動物的眼睛是金色的。第二，牠不僅長相奇特，反應更是離奇。所有動物都具備逃生本能，會在撞見陌生人、感受到危險的第一時間掉頭逃跑。可是這頭鹿不一樣，牠居然無懼地走出樹叢，將整個身體暴露在兩人面前，抬高的下巴和睥睨的眼神顯露出一股傲氣。

小紅揉揉眼睛，想確認自己是不是看錯了，怎麼眼前的鹿看起來異常高大，全身毛皮還閃爍金光，好似灑了一層金粉。

「我懂了，牠是鹿王，就是盤據岳樺林的那『東西』。」小綠低語。

「鹿……王？」不祥的預感閃過小紅腦海。

她望著鹿王頭頂的四岔鹿角，注意到上頭布滿戰爭的痕跡，也許金色眼睛的鹿王如此坦然無畏，是因為牠並不認為自己有危險，身陷危險的反而是小紅和小綠……

這時，金眼鹿王的目光鎖定小紅手裡的靈芝草，頭微微往下一低——

「小心！」小綠駭然大喊。

鹿王將鹿角筆直瞄準兩人，鼻孔噴出熱氣，來勢洶洶地衝了過來。

還來不及反應，小綠便一把推開小紅，靈芝草從小紅手中脫落，小綠則翻了個跟斗撲倒在地。

「小綠？」小紅側身撞在一棵樹上，痛得齜牙咧嘴。

鹿王錯過第一波攻擊後立刻捲土重來，牠飛快地轉了個身，重新調整目標，這回將鹿角對準趴在地上的小綠。

「不！」朋友遭受生命威脅激發了小紅的鬥志，她想起父親的木棍還在手上，立刻衝到小綠面前，高舉木棍迎擊鹿王。

電光火石的瞬間，木棍和鹿角相互碰撞、交擊、嵌合，死死的卡在一起。

鹿王步步逼近，蹄子揚起雪花，直到木棍和鹿角將小紅整個人架在樹幹上，猶如插翅難逃的烤肉串。

「小紅！」小綠勉強起身，也以雙手握住木棍，和小紅合力抵抗。

他們倆將全身的力量往木棍上壓，啪！鹿角從根部折斷，鹿王也遭受驚嚇。

只見鹿王甩著頭倒退兩步，悲鳴一聲後落荒而逃，留下呆立原地的兩人，還不敢相信自己的好運。

重新回神以後，小綠甩甩頭，問道：「妳還好嗎？」

「我還以為回不了家了。」小紅按住劇烈起伏的胸口。

「沒事。」小綠拾起靈芝草遞給小紅，還輕拍小紅的背，道「多虧妳救了我，妳真是世界上最好的朋友。」

「不，你才是世上最好的朋友，你義無反顧地陪我上山採藥，又冒死保護我。」小紅感激涕零地接下靈芝，對小綠嫣然一笑：「謝謝，我從來沒有那麼幸福過。」

第八章　臘月

小紅在一陣窸窣聲中悠悠轉醒，她迷迷糊糊地撐開眼皮，眼尾餘光中，瞥見四月坐在炕上，臉上浮現恍惚的笑意，把珍藏多年的嫁衣拆開，一針一線縫製成一件孩子穿的紅上衣。明媚的光線透過窗櫺湧入室內，讓四月散發出柔和的光圈。

「母親，弟弟還好嗎？」小紅揉著眼睛坐了起來。

「小紅，妳是我們家的救星。」四月對小紅親暱地笑了笑。

昨天傍晚，小紅順利趕在太陽下山前到家，將得來不易的九扣還陽靈芝草交給四月，隨後累得倒頭就睡。

半夢半醒之間，她聽見許多人在屋內走動，還有刻意壓低的交談聲和煎煮湯藥的瓶罐敲擊聲，黎明時分屋內的動靜慢慢沉澱，小紅也如同一粒潛入夢境底部的塵埃，終於不再受到打擾。

睡醒之後，小紅滿心驕傲，救弟弟一命可是件了不起的大事。

好久沒看見四月的笑容了，小紅幾乎想不起來，上一次得到誇讚是什麼時候。

小紅癡癡望著四月縫製衣裳的身影，喜悅在胸口鼓譟不停，猶如振翅的小鳥。她想，四月終於想起她身上的衣服有多麼破舊、褲管有多麼侷促、袖子有多麼緊繃，所以打算拆了寶貝的嫁衣，給她做件新衣裳了。

「那件不是母親的嫁衣嗎？」小紅試探地問。

「沒關係，我已經用不著了。」四月提起衣服一角，朝小紅的方向比了比。背著光線，那塊色調飽合的料子融成一片朦朧的桃紅色，好比鮮豔欲滴的桃子。

「可是拆了好可惜。」小紅囁嚅。

「不可惜。」四月斷然回答。

「嗯。」小紅彎起嘴角，感動湧現心頭。

「都日上三竿了怎麼還不起床？一堆家務等著做呢。」四月睨了小紅一眼。

「知道啦。」小紅笑咪咪地起床梳洗，緊接著打掃屋內和庭院。

要做的家務很少，自從四月把家中唯一的雞宰了，就沒有牲畜需要餵了。自寥寥可數的庄稼都收成以後，也不必再去溪邊提水澆菜，反正淺淺的河水以差不多都結凍了。

小紅晃到院子裡，發現大石窩在影壁旁一動也不動，空洞目光落在遠方堆滿白雪的山峰，像是座石雕一樣。

「父親，你在幹嘛？」小紅問。

「抽煙哪。」大石銜著煙嘴，雙唇輕輕蠕動。

「騙人，母親說沒有閒錢買煙草，你的煙袋都空了不是？」小紅說。

「傻孩子，這叫做醉翁之意不在酒。」大石喃喃回答。

小紅聽不懂他的意思，猜想約莫是天氣真的太冷了吧，所以人像冬眠的動物一樣懶得動。完成四月交代的所有事情以後，小紅瞄到角落裡空蕩蕩的土瓶子，冬天裡沒有鈴鐺花，不過她打定主意，等到春天來臨時，一定要每天摘下新鮮的鈴鐺花，讓屋內再度盈滿芳香。沒錯，等到春天再度降臨，田裡灑下種子，小紅要比往常更加賣力勤奮，砍柴、割草、搗米、餵雞、做飯，到時候就可以幫大石買取之不盡、用之不竭的煙草了。

「小紅——」四月大喊。

小紅快步上前，「母親找我？」

「好啦！」四月滿意地端詳起手裡改好的新衣服，對小紅說：「去把弟弟從搖車裡抱來。」

「好。」小紅按照吩咐，把嬰兒放在炕上，平躺在柔軟的被褥裡。

四月解開嬰兒的衣帶，這時，小紅錯愕地注意到剛剛被她忽略的細節：那件剛完工的紅色衣衫，是一件很小很小的嬰兒服！

四月攤開紅色嬰兒服，放在小弟弟身上仔細比對尺寸，一邊自言自語：「喏，袖子可以再短一點，或是先捲起來。」

「母親，妳拆了嫁衣，做了件嬰兒服？」小紅彷彿被人從頭淋下一盆冰水。

「對啊，這塊衣料挺細緻，給妳弟弟做衣服剛剛好，才不會刮傷小娃娃的細皮嫩肉。」四月理所當然地回答。

「弟弟已經有衣服了呀。」小紅失望地扁嘴。

「今年冬天特別冷，弟弟要多穿幾層，才不容易著涼。妳又不是不曉得，我盼了那麼多年，才終於盼到一個帶把的。我們一定要把他養得白白胖胖，氣死金鳳那個壞女人……」四月說。

現實搧了小紅一巴掌，讓她的耳朵嗡嗡作響，後來四月說了什麼，小紅全都聽不進去。她只知道此時此刻，她好嫉妒小弟弟，恨不得自己從未找回救命的靈芝草。

「妳瞧，男孩子穿紅色是不是也很好看？」四月問。

「太鮮豔了。」小紅說。

「別那麼不懂事！」四月不悅地說：「可以了，把弟弟抱回搖車吧。」

「喔。」小紅抬高下巴，逼退隨時可能滿溢的淚水。

也許是下意識多用了點力，也許她的手指不聽指揮，總之，小弟弟被弄痛了，突然哇哇大哭起來。

「搞什麼？」四月厲聲罵道。

「對不起、對不起……」小紅一急，也跟著哽咽。

四月像變了個人似的瞬間暴怒，對小紅破口大罵：「哭什麼哭？妳以為自己也是小娃娃嗎？都那麼大了還只會幫倒忙！」

小紅的淚水終於潰堤，她把小弟弟放回炕上，摀著臉低聲啜泣。

「怎麼了？」聽到哭聲，大石面色凝重地步入屋內。

「來的正好，管管你的好女兒！」四月邊哄懷裡啼哭的嬰兒，邊指著父女倆的鼻子大罵。

「小紅，出來一下。」大石以手勢示意小紅跟著他。

兩人來到飄雪的院子裡，小紅仍止不住哭，肩頭不停抖動。她還以為四月很感謝她，想要幫她做新衣裳呢，結果四月只在乎小弟弟穿得暖不暖，完全不關心她衣服破不破。

「別哭了。」大石攬著小紅，露出藏在手裡的兩個黏豆包，咧嘴道：「走，我們去滑冰。」

小紅訝異地瞪大雙眼，「母親說，那是今天一整天的食糧，還規定每人只能吃半個。」

「管他的。」大石一臉賊笑。

小紅不知所措，只好半推半就地被躡手躡腳扛起冰滑子的大石帶出門。

往年接近臘月的時刻，在平如鏡面的河道上滑冰可謂山民們的冬季盛事。他們會把冰滑子拉到高處，一路奔馳著衝下河面坡道，享受愈來愈快的速度，讓冷風和細雪不停拍打臉頰，覺得刺激得很。

今年礙於收成不好，人人都情緒低落，沒有玩樂的心思，所以大石還沒帶小紅去滑冰。

「來，紅丫頭，坐我前面。」大石一屁股坐在冰滑子的木板上，拍拍前方剩餘的空間。

小紅乖乖聽從指令，瘦小的身子緊緊挨著父親，接著大石猛力一推——冰滑子猶如一枝射向半空的箭矢，小紅頓時放聲尖叫。

小紅驚恐的叫聲很快地轉變為興奮的笑聲，濺起的冰雪好似不斷朝她呵癢，讓小紅忘情地笑個不停。

經過一段緩坡後，父女倆在平緩的河道中央停下，大石問她：「好玩嗎？」

「好玩！」

「那就再來，我們今天玩個盡興。」

第二次下滑時，大石沒有控制好方向，導致冰滑子失速衝向河岸，父女倆摔得渾身是雪。儘管如此，兩人依然不減玩興，又推又拉地把冰滑子抬上高處，玩了一次又一次。勁風於耳畔呼嘯，小紅的煩惱全都忘光了，生命中彷彿只剩下痛快的大笑。等到大石和小紅玩得筋疲力盡，終於坐下來好好休息，狼吞虎嚥吃下偷渡出來的黏豆包。

「父親，為什麼母親那麼兇？」小紅忽然這麼問。

「不只是對妳，她對我也很兇啊。」大石回答。

「她好像無時無刻都在生氣。」小紅悶悶不樂地說。

大石嘆了口氣，拍拍小紅的頭：「紅丫頭，守護一個家並不容易。」

「我聽不懂。」

「舉例來說，以前我們的祖先一年只要放山一趟，就能賺足整年所需要的錢。大荒年的時候，因為家中累積了不少財富，我祖父還能救濟其他村民，幫助全村度過饑荒呢。」

「所以我們的祖先是英雄囉？」

「可以這麼說。」

「那你呢，你也是英雄嗎？」

大石擠出苦笑，以沙啞的嗓音告訴小紅：「我也這麼希望啊，可是為什麼明明按照老祖宗的規定行事，我卻常常一無所獲。究竟是山變了，還是我做錯了，這個問題我也沒有答案，唉，也許我註定沒有發財的命吧，害得妳們受累了。」

「不，你是我心目中的英雄。」小紅抱住大石的手臂，驚覺他瘦了一大圈：「父親一定會成功的，小紅最喜歡父親了。」

「所以，母親是對山生氣，對冬天生氣，對父親生氣，而不是對妳生氣，明白嗎？」大石說。

小紅點點頭，「但我還是覺得，母親比較喜歡弟弟。」

「這個嘛……」大石斟酌著字句，良久後才開口道：「我相信她只是害怕黑蛇妖，而弟弟比較弱小，需要保護吧。」

「嗯……」

雪繼續飄下，好似永無止盡。

冰霜很快地覆蓋一切，樹木、岩石、房子、田地，所有東西都被隱藏在大雪之下，積雪從一個指節慢慢累積為一個手掌長，到了今天早上，已經變成小腿那麼深。北風抹去了所有顏色，除了白色，世界再無其他色彩。

四月用力擰掐自己的乳頭，強烈的痛楚讓她臉歪嘴斜，可是乳房薄薄的皮膚都給擠得瘀青了，還是只淌出幾滴乳汁，四月猜想她的雙乳八成也跟著進入冬季枯水期，才會連兒子都餵不飽。

回想當初，她在生小紅的時候，乳汁足可比擬山洪爆發，隨便輕輕一碰，乳房就會灑下一陣暴雨，奶量之豐沛，大概還能兼作奶娘多養活好幾個嬰兒。

不過當時是夏天，現在是冬天，況且生完小紅以後還有能力坐月子，眼下能有個黏豆包吃就不錯了。

一想到黏豆包，四月又開始生悶氣，前幾天大石和小紅竟然背著她偷溜出去玩，都什麼時候了，他們還有心情滑冰？再者，玩耍也就算了，父女倆還把當天全家的食糧通通拿走，這種丈夫和這種女兒，怎麼不教四月灰心？

兩人返家以後，四月著實發了好大一頓脾氣，她朝兩人砸盆丟罐，不停咆哮叫罵，直到小嬰兒開始哭泣才停止。要不是看在九扣還陽靈芝草的份上，四月老早把父女倆全都轟出家門。

是啊，靈芝草確實挽回了兒子的性命，為他們一家人帶來短暫的歡欣。然而，多一張吃飯的嘴，生活也變得更加艱困，四月當然必須錙銖必較，生活上能省則省。

「哇……」兒子張開沒牙的嘴，焦急探出柔軟溫熱的小舌頭。

四月把乳房塞進孩子口裡，低頭凝視眼前令她揪心的小東西，然而，小嬰兒用力吸了半天，卻喝不到幾口奶，氣得鬆開乳頭哇哇大哭，玫瑰色的小臉頓時漲成豬肝紅。

「乖，不哭。」四月懊惱地穿好衣服，來回搖晃襁褓，柔聲哄著嬰兒。

可是嬰兒不領情，持續的飢餓讓他脾氣愈來愈壞，變成一個難纏的小娃娃。他愈哭愈大聲，吵得四月也愈來愈焦慮，眉宇間的深刻皺紋像是恆久不滅的墓誌銘。

對兒子的愛有多深，她的挫折感就有多強烈，一個餵不飽孩兒的母親，還有臉自稱為母親嗎？

四月掉下眼淚，陪著兒子一起哭，心裡則暗自怨恨起天地神靈，長白山被冰封了，仙人依舊逍遙自在，卻任由山民餓肚子受苦。她從不長眼的神靈、糟糕的庄稼、該死的天氣一路罵到下流卑鄙的金鳳和軟弱無用的丈夫。

哭到一個段落，她覺得累了，才擦乾淚水把小紅喊進屋內，無論如何，還是得想辦法養活家人才行。

「小紅，把凍果子拿來。」四月吸吸鼻子。

「來了。」片刻後，小紅捧著一碗涼水入內，碗裡浮著一顆熟軟的柿子。

長白山天氣寒冷，山民經常將水果採收後直接置於樹下並覆蓋樹葉，低溫會讓水果直接結凍，所以採下的果子不僅不會腐爛，還能長保新鮮可口，大地就是天然的冷凍庫。秋梨、柿子和蘋果都是常見的凍果子，等到要食用前，再將果子放入涼水中解凍，表皮就會結出一層冰，裡面的果肉則軟綿適中，和剛摘下來一樣酸甜可口，且別有一番滋味。

「幫我撬開冰皮。」四月囑咐。

小紅從碗裡撈出凍柿子，朝著它呼出幾口暖意，隨後用力一敲，表面冰層立刻像蛛網般裂開。小紅仔細剝去一塊塊碎冰，再把柿子遞給四月。

四月將凍柿子湊到嬰兒唇邊，手掌使勁一捏，果汁立刻沿著掌紋流入嬰兒口裡。

「小弟弟不是吃奶的嗎？」小紅納悶地看著一切。

「奶水不夠餵他，所以擠點果汁代替。」四月木然答道。

「喔。」小紅茫然地眨眨眼，繼而問道：「那我可以出去玩嗎？」

「家務都做完了？」

「對。」

「去吧。」四月心不在焉地說，同時腦子不停運轉，計算著凍果子剩下的數量。

小紅在原地躊躇，似是有話想說。

「不是要去玩嗎？怎麼還不走？」四月不耐地問。

小紅扭扭捏捏地絞著手，囁嚅道：「母親，我看見桌上有兩個黏豆包——」

「對，今天只有黏豆包可吃，一人半個。」四月果斷地表示。

十天前，她開始嚴格執行食物配給，每餐份量減半，希望能讓一家四口在凜冬中多撐個幾天。但是，按照糧倉被清空的速度，她的嚴苛計畫恐怕還是緩不濟急。

「我把半個帶出門吃，行嗎？」小紅問。

「幹嘛？」

「分給朋友。」

四月蹙起眉頭，古怪地瞅了小紅一眼，「妳說平時和妳一起玩的兔子嗎？那畜生還活著啊？真不簡單。但是兔子只吃草吧？」

「母親做的黏豆包太好吃了嘛。」小紅諂媚地堆起笑。

是啊，四月的為人仔細可謂眾所皆知，就算閉著眼，也能毫無差池按照步驟做出每一道菜色。她的黏豆包經過一蒸一煮兩道工序，既香甜又美味，而且飯不黏，不卡牙縫也不傷胃。

然而，當日子苦到只剩下黏豆包可充飢，誰還在乎好不好吃呢？要是小嬰兒有牙齒，也能吃普通食物，事情就好辦多了。思及至此，四月感到心煩意亂，實在懶得再去探究兔子吃不吃黏豆包，畢竟她有更實際的問題得要煩惱。

「行嗎？」小紅哀求。

「隨便妳。」四月撇撇嘴，「要是能把妳那兔子朋友邀回來作客更好。」

「那我出門了。」像是怕母親反悔似的，小紅一溜煙跑出屋外。

襁褓內的嬰兒咂咂嘴唇，勉強以果汁止住飢餓。四月以臂彎為枕，輕拍為裹身的被褥，吟唱起一首溫柔的歌。

將兒子送入夢鄉以後，四月將他放回搖車，接著走出老屋，來到糧倉旁的土牆前面，再次刻下代表減少糧食的一撇。她憂心忡忡地望著幾乎被刻痕塞滿的牆，再次嘆了口氣。

往年每到冬季，山民就開始蒸年糕、打豆腐、包餃子。尤其是凍餃子，把餃子包好以後放到屋外凍著，冰好後再放進大小缸中儲存，等到要吃時再下鍋煮，方便得很。

進入臘月後更是家家戶戶宰殺豬羊雞鴨，獵捕飛禽走獸。和保存其他食物一樣，獵物可以埋在厚厚的雪裡保鮮，或是把切割好的肉沾沾水，肉品立刻會冰凍起來，食用前敲掉包肉的冰殼，就能得到血紅且富有彈性彷如現宰的新鮮肉塊。

到了年三十當天，山民會選擇圓潤碩大的新黃米，做祭祖敬神的神糕，還會準備充足的年糕、餑餑、豆糕、牛舌餅，並且宰殺豬隻，製作白肉血腸。年三十的晚上，就在神杆下放個錫斗，裡面裝著祭祀天神的豬雜碎。

緊接在後的是家祭，也就是祭祀西屋裡的祖宗板，然後在門楣、窗戶上貼掛旗，增添節日喜氣，家人團圓準備圍爐。

今年的臘月近在眼前，馬上就要過年了，難不成真要摳草根、扒樹皮度日？

就在四月瞪著土牆發愣的時刻，大石帶著滿臉惺忪睡意，手持旱煙袋子，拖著腳步從庭院另一端慢慢走了過來。

「肚子餓了，早上吃什麼？」大石打了個呵欠。

「睡到日上三竿，一睡醒就討吃的。」四月不屑地哼了一聲。

自從差點失去兒子，四月就硬起心腸，不再對丈夫言聽計從。

「沒看見餐桌上的黏豆包？不會自己拿來吃？要不要我端到你面前，拜託你吃啊？」四月沒好氣地說。

「家裡還有鹹菜嗎？」大石咕噥。

「當然沒有，告訴你，再過些時日，連黏豆包都沒得吃！」四月罵道。

「只是問問罷了，幹嘛一大早火氣就那麼大？」大石伸了個懶腰，小聲嘀咕：「剛生完小孩的女人最奇怪了。」

「你說什麼？」四月瞬間被激怒，她感到深受冒犯，覺得自己的母職被褻瀆了，決定全力反擊，於是故意問道：「你不是要和源源入山打獵嗎？怎麼還不去？到底在瞎耗什麼？」

她連珠炮似的發問惹惱了大石，大石回嘴：「那麼兇幹嘛？看在妳是孩子母親的份上，我已經百般容忍妳了，妳真以為我沒脾氣？」

「我才想問你在蠢什麼？難道你想眼睜睜地看著我和孩子們餓死？」四月逼問。

「女人，妳太過分了！」大石舉起拳頭吼道。

這時，屋內的嬰兒突然哼了一聲。大石和四月不願吵醒酣睡的孩子，只好暫時閉上嘴。片刻後，大石降低音量抱怨：「妳說話不需要那麼難聽，打獵當然要去，問題是，我追蹤獵物足跡的時候跟不上，放箭也射不準，加入圍獵老是被洋洋恥笑。」

「到底是你的面子重要？還是活下去重要？」

「這……」

「跟我來。」四月板著臉孔走向糧倉，一把推開倉門，露出少得可憐的存糧，「自己看看。」

大石瞪著空蕩蕩的糧倉，賭氣不說話。

夫妻倆怒目對視，沒有人願意先開口。突然間嬰兒哭了起來，刺耳的哭聲傳遍家中每個角落，四月卻像是鐵了心要和大石槓到底，就是不肯進屋哄孩子。

「先進去哄哄他吧？」大石被吵得心煩意亂，語氣暴躁地說。

「哄什麼哄？別說過年了，再沒飯吃，孩子也活不成啦。」四月不為所動。

「不是啊，我也想去打獵嘛，可是其他人根本不尊重我，我有什麼辦法……哼，等我挖到一苗讓人刮目相看的大棒槌，肯定不會分給他們，我要讓他們眼巴巴地流口水。」大石說。

「不用等到外人看不起你，再不拿出作為，你就要被自己的孩子給看扁了。」四月忍不住奚落丈夫。

「好，我知道，糧食不夠，需要打獵，拜託妳先去哄孩子吧？」大石求饒。

「明天就滾出門去打獵！」四月撂下狠話：「不然你們家就要絕後了！」

「知道了。」大石悶悶地說。

四月轉身準備離開，突然卻靈光乍現，她停下腳步，對大石說：「你不擅長狩獵，放機關總行吧！想吃兔肉嗎？聽說美人松下常有兔子出沒，來，我告訴你確切位置……」

第九章 獵物

春天是獵鹿的季節。

春暖花開、萬物復甦的季節，於動物經常出沒的道路上灑鹽，就能引誘梅花鹿前來舔食。這時獵人會埋伏於路旁，以弓或弩等武器伺機獵殺，或是在附近挖個陷阱，等鹿自己掉進去，稱之為「鹿窖」。

冬天則是捕熊的季節。

獵人循線找出冬眠的熊，將之套上網具，等到熊從睡夢中甦醒，再以刀槍之類的器械猛刺其心窩，將熊宰殺。獵熊也可善用陷阱，在熊洞附近挖個三米深的大坑，上面覆蓋樹杈、土石，亦為獵人常用的一種方式。

冬天同樣也是獵貂的旺季，嚴寒冬日是交配與繁衍後代的好時機，因此貂的活動特別頻繁，對獵人來說也更容易下手。尤其為了禦寒，貂毛在天氣轉冷後會變得特別蓬鬆厚實，價值也隨之提昇，所以獵人多趁著大雪鋪地，動物留下明顯足跡時上山尋貂。

「貂，分為白板、花板、油紅、青豆、亮青、大黑，紫貂算是上品，毛長三吋的『千金白』最為珍稀。」源源向獵隊中的新手解釋。

由農夫、漁民、工匠、樵夫以及貨郎組成的團隊總共十來個人，幾乎所有村中的青壯男人都加入圍貂，他們以村中最老練的獵戶源源為首，他的堂弟洋洋押隊，把活下去的希望寄託在這趟狩獵，好渡過饑寒交迫的凜冬。

雖說每個人都有自己的本業，但是生於斯、長於斯，嚴苛的環境造就山民的韌性，想在山上討生活，十八般武藝樣樣得學會。所以農夫身兼工匠，或樵夫臨時充當獵人，在長白山上也不算稀奇。

於是，這支素質參差不齊，勉強湊出來的烏合之眾就這麼浩浩蕩蕩地組織起來了。

「帶著狗稱之為『犬獵』，靠著靈敏的狗鼻子，獵人能找出貂藏身的土洞或岩壁。接著砍下樹枝點火燃燒，就能以濃煙把貂薰出來順勢捉住。可惜我們沒有狗，只好靠著人多勢眾，以『圍貂』的老方法追逐，再拿伏弓射殺，稱之為『弓捕』。」一路上，源源盡心盡力將自己畢生所學教給大家。

與生俱來的天分和後來習得的技巧，讓源源成為長白山上最高明的獵戶，不分春夏秋冬，一年四季他都有辦法滿載而歸。

甫出發沒有多久，獵隊就在源源的帶領下逮到兩隻黑毛貂，源源掂掂斤兩，認為漂亮的毛皮足以賣出高價。好消息讓獵隊精神為之振奮，暫且忘了飢餓。

因此，山民們心服口服，都願意虛心接受源源的指揮，認真聆聽他說的每一句話，仔細尋找追蹤的線索。畢竟在這個節骨眼上，他們還能指望誰呢？

大石走在隊伍的中後段，身穿一襲皮襖，腳踩一雙舊靴，頭戴罩耳皮帽。這回他沒帶從不離身的木棍，而是換上一把柴刀，以及一副弓箭，都是他不熟悉的器械。他覺得自己像個局外人，和團體格格不入，他的體內缺乏嗜血的渴望，看到獵物落入陷阱，也激不起心中半點火花。

他本來不願意加入獵隊，每次源源提及，總是顧左右而言他。人人都覺得他毫無貢獻，只會拖累團隊，也曉得他和源源親如兄弟，礙於源源的面子讓他分一杯羹，但是，背地裡的閒話從來沒有少過。

平白無故得到的收穫，他實在嚥不下喉，要不是四月以眼淚和性命相逼，他才不參加呢！老實說，除了堵住四月的嘴，他還真不曉得自己此時此刻為什麼出現在這邊。

此時，源源似乎又在雪地上找到蛛絲馬跡。

他驀地停下腳步，蹲在雪地上仔細打量一小片模糊不清的印子，「像這個樣子的大小和形狀，準是黑貂沒錯。」

「我只看到樹葉掃過地面的雪痕。」有個少年歪著頭說。

「不，你抬頭看看，周遭都是紅松，沒有這麼大片的葉子。」源源對少年說：「腳印很深，而且也足夠清晰，代表這隻黑貂還挺有份量。」

「太好了。」眾人交頭接耳起來。

「若是我們一直都那麼順利，按照這態勢，每家都能分到一點肉吃。」源源為大家打氣。

「有肉吃？」少年用手背擦拭嘴角口水。

「對，如同出發前我的承諾，先把貂皮剝了，肉分給大家，然後下山到市集走一趟，賣皮的錢再按照人數均分，每個有出力的人都能分到一份。」源源告訴大家。

彷彿嗅到春天的氣息，滿懷希望的笑容在每個人臉上漾開，除了躲在角落裡無精打采的大石。

「大石哥？」洋洋勾起一抹歪斜的笑，不經意地晃了過來。

大石裝作沒聽見。

洋洋是出了名的口無遮攔，有張熱愛搬弄是非的嘴。打從一出門，大石就儘量避開他，省得聽他囉嗦。

「大石哥和我們這些粗人一塊兒圍獵，我好意外啊。」洋洋的神情明白表示他一點都不意外。

「有什麼事嗎？」大石的眼眸變得冷峻。

「大石哥，其實我真的很羨慕你，人家都說你有對通天似的眼睛，能看透風霜和迷霧，找出難能可貴的棒槌苗；還有一雙愛人般的手，可以花上半天功夫，像撫摸妻子一樣挖出棒槌來。不過，今年好像運氣不太好喔？」洋洋裝出一副無辜的模樣，又道：「幸好四月嫂子能幹，又下田又劈柴，養家活口的事不需要你來操心，簡直女中豪傑啊，但願我也能找個同樣持家有方的妻子。」

望著不懷好意的洋洋，大石真想掄起拳頭往他臉上砸，讓他那副尖嘴猴腮的面容好看一點。但是看在源源的面子上，又不方便對他發作，只能把這口怨氣往肚子裡嚥。

「走開。」源源推了洋洋一把，轉身便想離開。

「等等，我還沒說完嘛，」洋洋就像鎖定美味釣餌的魚，緊咬著大石的弱點不放。他一個箭步竄到大石面前，張開雙手擋住他的去路：「用那雙高貴的手來宰殺動物，真是委屈你了。」

「我不覺得委屈。」大石全身肌肉緊繃，下顎線條嚴肅。

「我真是替大石哥的手感到惋惜。」洋洋皮笑肉不笑地說：「幸好源源哥都幫你打理好了，骯髒活都是別人做，你不需要弄髒自己的手。」

「去你的！」大石咬牙，右拳高高舉起。

一陣突如其來的騷動，中斷了兩人的惡言相向。

所有人安靜無聲地動作起來，像是演練過千萬次，他們的目標是包抄一團匍匐在雪地上的黑褐色小動物。

「是大黑還是亮青？」人們竊竊私語。

「都不是，牠胸前有片白毛，是頭紫貂。」源源低聲回答。

紫貂是所有人夢寐以求的獵物，只比千金白差一些，一塊上好的紫貂皮毛就算賣不了千金，起碼也能換來上百金，足夠養活半個村子的人好一陣子。

源源以手勢指揮大家，示意獵隊分散開來，命令在人群之間默默傳遞，彷彿有隻無形的手正在下棋，每個人都清楚自己在棋盤上的位置。

只有大石不屬於這盤棋局，他和那頭紫貂一茫然，一樣不曉得自己該怎麼辦。

紫貂與人群相互對峙，一動也不敢亂動，直到源源以沉穩俐落的姿態取下背上的弓，再從箭筒裡拿出一支箭。

這時，紫貂慌張的目光瞥向大石，一人一貂四目交接，他抑或牠，在對方眼裡瞥見似曾相識的情緒。

大石的眼角抽動了一下。

之後的一切快得猝不及防，咻的一聲，箭尖劃破空氣，箭羽在空中旋轉，紫貂同時一躍而起。

箭尖擦過貂毛，源源射偏了。

紫貂尖叫著竄逃，數枝箭接二連三落在牠後頭，獵人移動腳步，獵隊的陣型突然被打亂。

「快，快追上去。」

「是誰驚動了牠？」

「往大石那邊跑了！」

大石迅速搭箭拉弓，卻怎麼也無法把箭給射出去。他實在下不了手，方才紫貂的眼神，讓他想起自己的女兒小紅。

不過耽擱了一下子，就讓聰明的紫貂看出破綻，牠奔往大石的方向，把握住活命的好機會，轉瞬間便從大石腳邊溜走。

所有人都愣住了，不敢相信大石竟白白放過名貴的紫貂。

迫於壓力大石終於放箭，那支箭卻在半空中劃出一道可笑的弧度，然後不偏不倚落在雪地中央，和紫貂逃跑的路徑差了十萬八千里。

「可惡。」源源失望極了。

「我……牠……對不起……」大石氣餒地垂下肩頭。

「我就說吧，他根本不是見血的料，哼，平白浪費一堆箭。」洋洋奚落道。

「夠了，別再說了！」源源大吼。

四周變得鴉雀無聲，然而，眾人輕蔑的目光依舊像是銳利的箭矢，一枝枝落在大石千瘡百孔的心上。

就連源源也忍不住別開臉，不願再看多看大石一眼。

歷時六天五夜的圍獵結束了，他們一共獵到七隻黑貂，扣除射向紫貂那不名譽的一箭，源源幾乎百發百中。所以，山民們哼著歌踏入家門，接受家人熱烈歡迎的時刻，每個人都珍惜地捧著一塊巴掌大的肉。

唯獨那幢與村落有段距離的老木屋，小紅還坐在門口苦苦等待。

大石還沒回家，他隻身跑到附近的林子裡閒晃，想要一個人靜一靜。

這一切究竟是怎麼搞砸的，他完全摸不著頭緒，對源源、獵隊、妻子還有兒女……除了愧疚，更多盤據腦海的是懊悔與不解。

他隱約知道在某個時間點，由於自己的一念之差，讓整個情況往壞的方向走。然而他也無法確定，單憑一己之力，有辦法乾旱與神靈嗎？

大石的承襲了祖父、父親的豪邁與善良，顯而易見，卻沒有他們倆的好運氣，大石好不甘心。

已是夕陽西下的時刻，他漫無目標地走著，莫名其妙來到河邊。

這時，他的腦海裡忽然冒出一個念頭：不如抓條魚吧！抓條鱒魚或鯽魚，就算魚小得只夠塞牙縫，好歹也是自己掙來的，也比他人施捨的貂肉強。他渴望證明自己。

可是河水都結冰了，厚厚一層冰殼覆蓋在水面上，底下的小魚看得到卻抓不到，不像春天，還能以網子、籠子、釣竿或魚叉捕魚。

大石心想，看來只能用老祖宗的方法了。

他撥開岸上積雪，找來一塊堅硬的大石頭，儘管手指頭都凍僵了，關節像是卡住的車輪，他仍舊抓著石頭死命往冰層上面敲。

敲啊敲，鑿了老半天，終於挖出一個與手臂等粗的冰洞。接著他取出所剩無幾的蠟塊，仔細捻直燈芯並點燃蠟燭，藉由光線吸引河中游魚。光照的點子發揮了作用，幾條手指長的小魚慢吞吞游了過來，大石可以隔著冰層看見模糊的影子。

不過他耐心等待，就像放山時，故意放過還沒長大的棒槌一樣。抓魚苗回家不僅填不飽肚子，搞不好還會被四月恥笑一番。

這時，一條手掌大的魚也跟著溯光前進，牠擠開擋路的小魚，大搖大擺的姿態宛如河中之王，魚群瞬間一哄而散。

大石看準了大魚經過洞口的剎那，快速捲起衣袖，趴在冰川上將半截手臂浸入澈骨的溪水中，冰水刺激皮膚時痛得他倒吸一口寒氣。

從疼痛到麻痺只有一眨眼的時間，他勉強自己用失去知覺的右手抓魚，卻連魚尾巴都不知道有沒有碰到。

大魚早已不知所蹤，他喪氣地把手拉出溪水，冷空氣瞬間在他的手臂上凝結為冰霜，把大石凍得渾身發抖，蠟黃的臉僵成醬紫色。

手好像不是他的了，他用力甩動那隻毫無感覺的右手，覺得自己好失敗，此時，最後一丁點蠟燭也跟著用罄，只剩下兩滴淚水般的蠟油……

當陽光消失在山埡後方，夜幕完全降臨時，大石拖著疲憊的身心來到附近的老把頭墓。老把頭，本名孫良，相傳是位出了名的孝子。

孫良原本是個貧苦長工，因為母親得了重病，醫生說只有關外一種比金子還要貴重的罕見草藥才能醫治，於是孫良告別年輕的妻子，獨自翻山越嶺來到關東的原始森林。

孫良在山中巧遇老鄉張祿，二人結拜為兄弟，打算一起放山。他們倆同心協力，果真挖到一苗棒槌，於是兩人商量再分開來找一找，入夜前回到窩棚集合。

天漸漸黑了，孫良等不到張祿，心急之下進入林子裡高聲呼喊。他一路找尋，走了三天三夜，餓得從河裡撈出兩隻俗稱「喇喇蛄」的小龍蝦吃，最後，終於體力不支昏倒在小河旁。再醒來時孫良意識到自己生命將盡，便撿起一粒小石子，用盡最後力氣在岩石上寫下絕命詩：

家住萊陽本姓孫，
番山過海來挖蔘，
路上丟了好兄弟，
找不到兄弟不甘心，

三天吃了個喇喇蛄，
你說傷心不傷心，
家中有人來找我，
順著古河往上尋，
再有入山迷路者，
我當作為引路神。

孫良死後，後世奉為「山神老把頭」，每當放山人準備入山之前，都會到老把頭墓祭拜，祈求孫良保佑。

此刻，又冷又餓又累的大石跪在墓前，對著墓碑哭訴委屈。

「老把頭啊，我也是個放山人，一生信奉您立下來的規矩：第一，老的別挖，棒槌生長百年不易，理應助其成仙。第二，小的別挖，別幹絕戶的缺德事。第三，每次挖棒槌不超過三苗，不能貪婪。怎麼我嚴守分際，懷抱一副好心腸，卻落得如此落魄的下場？我到底何錯之有啊？」

大石哭著哭著，便抱著墓碑睡著了，迷迷糊糊之間，他夢見一位白髮白衣的老者，伸手指向河川上游，衝著他微微一笑。

草枯葉落，白雪紛飛，老木屋早失去原本的模樣，像是一座白雪堆砌的冰窖，與整座山融為一體。

四月挖來雪塊，混著粗糙的樹皮和黃豆煮成稀粥，她不得不這麼做，現在連吃黏豆包都變得奢侈。

長白山上無論動植物，所有生命似乎都走在相同的道路上——邁向死亡，糧倉被清空的那天指日可待。聽說村裡接連死了幾個人，李家的兒子和王家的媳婦命在旦夕，她們究竟還能撐多久，四月也沒有把握。

兩個孩子都瘦成了皮包骨，女兒四肢纖細，好似一隻小猴子，兒子個頭嬌小，比松鼠大不了多少，四月認定這一切都是大石的錯！

「父親回來了！」盼了好幾天的小紅朝屋內大喊。

「喔。」四月冷淡地應了一聲。

過了一段時間，大石風塵僕僕的身影出現在門樓下，肩上還扛著不少東西。

他的包袱引起四月的興趣，四月跨出門檻問：「有收穫嗎？」

「總共抓到七隻黑貂。」大石回答。

「才七隻？」四月哼了哼。

「再過幾天，我和源源就要帶著貂皮下山，到市集進行交易。」大石接著又道：「圍貂是不太理想，好在妳讓我放的機關果然逮到那隻畜生。」

「嗯，近來吃飯吧。」四月微微牽動嘴角，舀了滿滿一碗粥放在桌上。

大石卸下手裡拿的、腰間繫的、背上綁的工具，隨後將一塊肉和一團毛茸茸的屍體交給四月處理。

「那是什麼？」小紅好奇地擠到兩人之間，一眼認出熟悉的毛色與長耳朵，淚水立刻撲簌簌落了下來：「小白兔？」

「是晚餐。」四月糾正。

「小白兔不是晚餐，牠是我的朋友！」小紅失聲痛哭。

「紅丫頭，要不是真的鬧饑荒，我們也不會去捕兔子啊。」大石勸道。

「是啊，我們吃樹皮粥吃了好幾天，雪再繼續這麼下，不要說人了，就連動物也活不了。與其讓這隻兔子餓死，或是便宜了其他動物，還不如我們吃掉。」四月以責備的語氣說道。

「我可以摘松茸蘑回來啊，母親不是說松茸蘑好吃嗎？我還會摘蕨菜和蘋果，能夠做成鹹菜和凍果子，為什麼偏偏要吃小白兔嘛？」小紅邊哭邊跺腳。

「別不懂事！」四月罵道。

「不管怎麼說，肉還是比較好。」大石無奈地說。

「這樣我怎麼敢把我的朋友帶回家，介紹給你們呢？沒準全都被你們吃光了！」小紅抽抽噎噎地說。

「別哭啦，不過是隻兔子而已。」大石勸道。

「等等，」四月聽出弦外之音，頓時會意過來，追問道：「妳還有別的朋友？什麼樣子的朋友？」

小紅哭得更大聲了，還把搖車上的弟弟也吵醒，四月匆匆抱起嬰孩，與大石交換了個眼色。

「小紅，母親在問妳話。」大石提醒。

「什麼？」小紅止住哭聲。

「朋友啊，妳還有別的朋友？」大石好聲好氣地問。

「幹嘛？你們還想吃我的朋友？」小紅斜睨父母親一眼。

「不是，我們是擔心妳被人拐跑了。聽說真的餓得受不了了，人也會吃人呢！」四月嚇唬她。

「小綠才不會！」小紅抗議。

「小綠也是兔子嗎？」四月問。

「是個孩子啦。」小紅回答。

「名叫小綠的孩子？」四月瞇起眼睛，轉頭對丈夫低語：「怪了，村中沒聽說過這個人。」

這時，大石來到小紅跟前蹲下，目光平視小紅，謹慎地問道：「紅ㄚ頭，父親問妳，妳的朋友小綠長什麼模樣？做什麼打扮？」

小紅不疑有他，回答：「他的臉圓圓的，很喜歡笑，總是穿著綠色的衣服。」

「綠色衣服？有沒有什麼花樣或圖案？」大石問得更仔細了。

「嗯，」小紅皺起眉頭思忖，回答：「袖子和衣擺有流蘇，頭頂的帽子有紅色的帽穗。」

「莫非是個棒槌精？」大石驚得顫聲吸氣。

「錯不了。」四月點頭，嚴肅地對大石說：「這可是一生難得的機會。」

小紅瞪著腫脹的雙眼，不知道父母交頭接耳說些什麼。

隨後，大石取來他的放山工具，從包袱裡拿出一段紅色繩子，對小紅說：「丫頭，明天妳再去找妳的朋友小綠玩，然後趁他不注意，把這段繩子繫在他身上。」

「為什麼？」小紅狐疑地問。

「人命關天，別問那麼多。」四月瞪她一眼。

「可是我不想。」小紅嘟嘴。

四月壓抑地嘆了口氣，對小紅緩緩說道：「母親告訴過妳，深山老林裡的動物和草木年紀大了，會變成妖怪幻化人形，妳的朋友小綠，很有可能就是黑蛇妖化身。」

「啊？」

「沒錯，紅線可以定住黑蛇妖，讓牠不再害人。」大石順著四月的話說。

「騙人！小綠才不是妖怪。」小紅氣呼呼地頂嘴：「小綠是好人，九扣還陽靈芝草就是他幫我找到的！」

「母親問妳，一個普通孩子，怎麼有辦法翻山越嶺找到名貴藥材？」四月質問。

「這……」小紅被問得啞口無言。

「也許妳之前沒發現，不知道小綠是妖怪，但是妳父親、妳父親的父親還有所有歷代先人全都是放山人，他們不會看錯。妳將他綁上紅線，等於是救了全村的人！」四月又道。

「為了山民的安全，也為了家人和自己，小紅，妳就乖乖照做吧。」大石幫腔。

「父親，怎麼連你也這麼說？」小紅再次哭了起來。

她索性連粥也不喝了，爬到炕上用被子蒙著頭，不再說一句話。

第四部　恆

第十章 黑蛇妖

「妳今天怎麼怪怪的？」小綠問。

小紅心虛地別開視線，含糊回答：「沒有啊……」

她侷促不安地站在美人松下，將重心由左腳換到右腳，又從右腳換到左腳，最後乾脆盯著自己破爛的鞋面看。四月在小紅心中埋下猜忌的種子，已經不知不覺地發芽了……

為什麼不分四季，小綠都穿著那身綠衣？

為什麼幾個月來小紅長高了，小綠的個子卻沒有動靜？

為什麼小綠熟識野菜，還知道上哪兒找九扣還陽靈芝草？

昨天夜裡，有陣古怪的聲響驚醒了睡夢中的小紅，那聲音聽起來像是敲門，又像是輕呼，更像蛇扭著身子爬過草叢。小紅嚇得緊緊抱住棉被，不敢睜開眼睛，在半夢半醒之間度過飽受驚嚇的一夜……

「是不是太冷了，所以不想動？」小綠關切地問：「還在擔心餓肚子的問題嗎？要不要去摘野菜？」

小紅注視著自己裹著襖子的臃腫身軀，伸手輕撫乾癟的肚皮，悠悠嘆氣：「天不下雨，作物不長，再加上河水結冰，山民都快要餓死了。」

「原來是餓得沒力氣，來，我這兒有漿果。」小綠和善地笑了笑，掏出一把紅色果子遞給小紅。

在飢餓的驅使下，小紅接受小綠的好意，囫圇吞下果子。

之後，小紅抹抹嘴道：「謝謝，可是成天吃漿果也不是辦法，唉，黑蛇妖把大家都給害慘了。」

「妳是說，上次提到的那個什麼……住在天池的黑蛇妖嗎？」小綠問。

「對。」

「關於那件事，我多方打聽了一下，發現溪水乾涸的確和天池有關。我聽聞天池裡住了個大怪物，是牠堵住了天池對外的唯一出水口，瀑布結冰了，水自然流不下來。」

「你……你怎麼知道？」小紅害怕極了，她怕那些傳說不是小綠聽來的，而是他的親身經驗。

「我還聽說那怪物很喜歡睡覺，也很討厭被人吵醒。」小綠又道。

小紅面色發青，對四月的一席話更是深信不疑，她顫抖地說：「堵住河流的黑蛇妖太壞了，真希望有人能夠打敗牠！」

沒想到小綠居然搖搖頭，告訴小紅：「不可能，我聽說想要抵達天池，必須先通過狼、蟲、虎、豹四個關卡，牠們都是長白山上最兇猛的野獸，從來沒有人活著過關。」

「我父親很厲害的，一定能趕走黑蛇妖。」小紅囁咬嘴唇，徬徨的感受在她心中拉扯：「你不是說過，你熟知長白山上的每一條密道和捷徑，難道就沒有繞開那些野獸的路嗎？」

「沒有。」

「連你也找不出一條來？」

「恐怕沒辦法。」

小紅望著小綠良久，眼裡的希望慢慢流逝，終於她心灰意冷地垂下頭，同時也暗暗下定決心。當她再次抬起眼來，眸子裡的光芒已然熄滅，只剩滿溢的黯淡悲傷，猶如柴火燃燒過後的餘燼。

「小綠，我們來玩個以前從來沒玩過的新遊戲。」小紅對小綠說。

「什麼？」小綠興致盎然地問。

「綁紅線。」小紅難過地說：「為了表示我們的友誼堅貞，我要在你的衣服上別條紅線，這也有吉祥的意思。」

「好奇怪的遊戲。」

「你也在我身上綁條綠色流蘇呀。」

「那好。」

小綠伸出袖子，乖乖讓小紅別上紅線，隨後扯下一條綠流蘇，依樣畫葫蘆繫在小紅身上。

「好像也不會太奇怪嘛，和我的帽穗倒是挺配的。」小綠舉起手來仔細端詳。

「母親囑咐我早點回家，我要先走了。」耐不住罪惡感的煎熬，小紅急忙想趕著回家。

「對了，」小綠喊住小紅，「妳父親真的要去天池打怪物嗎？」

「當然是真的，希望黑蛇妖良心發現，趁早疏通堵住的河道，讓大家都有水喝。」小紅繃著臉，意有所指地說。

「喔，那別忘了告訴妳父親，往我們的祕密藏身處走，會是距離最近的一條路線。」語畢，小綠轉過身子，窸窸窣窣忙了一會兒，接著遞給小紅一個小布包，又道：「收下吧！這些東西可以幫忙打敗怪物。」

小紅納悶地接過布包，不明白小綠為何要提供幫助，這種行為無異於搬磚頭砸自己的腳。

小紅打算把布包拿回家給大石和四月看，然而，當她全力奔向老屋時，前方聚集的人潮卻讓她把關於布包的一切都拋諸腦後……

眼前驚人的排場讓小紅嚇得呆立原地。

老屋前的院落被擠得水洩不通，似乎整座山上的山民都來了，無論是熟識的、點頭之交或未曾謀面的村民，現在全部集中在屋前。更詭異的是，所有人都在額頭上綁著黑色布條，他們眼神空洞地面向老屋佇立，偶爾交換幾句竊竊私語，面黃几瘦的身形和破爛的靴子與襖子讓村人活像一群衣著襤褸的乞丐。

他們是來乞討的嗎？小紅這輩子從來沒遇過此等怪事。父親和母親呢？老屋被人群擋住了，為了看得更清楚些，小紅藉著個子小往前鑽，猶如力爭上游的小魚，然後在人群邊緣冒出頭來。

她看見薩滿佇立於隊伍之首，她頭戴柳枝，雙手拍擊小鼓，口中還喃喃念頌咒文。洋洋跟在她身後，雙手舉著一張高一米、寬半尺的黃表，上面繪有龍形，還寫著幾個大字。至於再後面，洋洋後面是幾個手持黃旗的男人，後方跟著握有柳條和水盆的女眷。

小紅東張西望，發現自己湊巧站在源源和金鳳旁邊，立刻拉扯他的衣擺，問道：「發生什麼事？」

源源瞥見小紅時大吃一驚，「小紅，妳怎麼回來了？」

「回來了就好。」金鳳冷笑著道。

「你們在幹嘛？」小紅再次問道。

「祈雨啊。」金鳳理所當然地說：「沒看見那黃表上寫了『祈雨』兩個大字嗎？還有『油然作雲，沛然下雨』這幾個字，因為久旱不雨災情嚴重，薩滿特地祈求老天下雨，助我們度過難關嘛。」

「祈雨為什麼要跑到我家來呢？」小紅蹙眉。

「因為——」金鳳被源源扯了一把，示意她不要多話。「幹什麼啊你？」金鳳抽回手，不悅地怒瞪源源。

「唉，小紅，快先找到妳父母親吧！」源源著急地猛朝小紅使眼色。

小紅不想被牽扯進他們夫妻倆的爭執，只好繼續往前方的縫隙擠，一邊扯著嗓門大喊：「父親、母親？」

像是意識到小紅的現身，面色凜然的山民們紛紛往兩邊靠，讓出一條路給小紅通過。終於，小紅在老屋門前找到並肩而立的大石和四月。

「母親？」

小紅看看母親，抱著小弟弟的四月臉色僵硬，眉間深刻的皺紋像是無聲的抗議，站姿彎腰駝背，好似快要被壓垮了。

「父親？」

小紅再看看父親，大石整個人站得直挺挺的，臉上寫滿桀驁不馴，彷彿隨時準備和人打一架似的。

而且，他們倆被山民們團團圍住，宛如受審的犯人。

小紅更加困惑了，眼前這副景象看起來，像是父母兩人合力對抗整座長白山上的山民。

「到底怎麼了？」小紅問。

「別說話！」大石繃著臉，把小紅拉到自己身後，用半個身體擋住她。

口中念念有詞的薩滿信步來到一家四口前方，在兩步的距離前停下，她停止念誦，默默打量起襁褓中的嬰孩。此刻，四月更是摟緊襁褓，把嬰兒的小臉埋向自己胸前。

現場鴉雀無聲，幾十雙眼睛緊盯他們。

當薩滿再度開口，吐出的話語竟像一道閃電劈向小紅的胸口——

「村民們一致決定，將你們家的孩子作為獻祭的祭品。」

「獻祭！獻祭！」山民鼓譟起來。

小紅聽了大驚失色，她猛扯大石的衣袖：「薩滿在說什麼？什麼祭品？黑蛇妖的祭品嗎？」

大石垂下眼睫沒有回答，像是要把身體裡經年累月的挫折、沮喪和失望全都吐出來似的，嘆了長長的一口氣。

「母親？」小紅轉向四月。

四月沒有吭氣，臉上的神情相當複雜。

「全村只剩下你們家有兩個小孩，為了公平起見，也只能請你們犧牲一點了。」薩滿的聲調中毫無感情，完全只是公事公辦。

小紅腦中嗡嗡作響。

「你們沒有權力帶走我的孩子。」大石對薩滿說。

「這是大家的決定。」薩滿回答。

人群裡傳來金鳳的吶喊：「嚴格說起來，是我們幫了你一個大忙，反正你們也養不起兩個小孩。」

「閉嘴！」四月猝然抬頭，惡狠狠的目光鎖定金鳳，她咬牙道：「妳個賤人，一心嫉妒別人生得出孩子，看到我們家落得這般下場，妳高興了吧？」

「哼，妳以為自己多了不起？也不掂掂斤兩，會生，也得會養啊！」金鳳反唇相譏。

「金鳳，別說了！」源源拉住妻子。

大石眼角抽動，喉頭悶悶起伏，他壓抑著情緒，以懇切的語氣對村民們朗聲說道：「各位鄉親，這個荒年大家都不好過，但是，能不能看在我祖父當初幫過大家的份上，饒過我們一次？」

「饒過你？我們家的糧倉都空了，山神有饒過我們嗎？」有人大喊。

「我已經幫我妻子送終了。」另一個人說。

「我丈夫也快不行了！」又有個人說。

薩滿做了個手勢，要求大家靜默，她沉著地對大石和四月說：「為了全村的利益，請你們委屈一些，誠如我之前所說，你們夫妻倆還年輕，只要還有一口氣，以後想生幾個孩子都不成問題，留得青山在，不怕沒柴燒啊！然而，要是過不了這個檻，旱災和饑荒再這麼鬧下去，上回僥倖沒死的，這回一個都逃不掉了，你們要眼睜睜看著滅村發生嗎？」

四月聽了雙膝一軟，差點跪在地上，小紅趕緊扶著母親，幫她穩住腳步。

「源源……」大石求救的目光轉向好友。

源源為難地別開臉：「對不起，我也沒其他法子了。」

好友的回答讓大石咬牙悶哼，彷彿肚子讓人打了一拳。

「我說四月啊，要怪，就怪你們夫妻自己囉，誰讓你們生那麼多。」金鳳刻薄地笑了。

「我絕不會放開我兒子！」四月從齒縫擠出話來。

「不然，兩個孩子妳隨便選一個囉。」金鳳漂亮的眸子裡閃爍邪惡意圖。

「女兒。」四月毫不猶豫地回答。

「啊哈，我就知道！」金鳳竊笑。

「母親……」小紅吞下一聲驚呼，簡直不敢相信自己的耳朵，她鬆開扶著四月的手，踉蹌往後退了兩步。

「四月！那種喪盡天良的事，妳做得出來？」大石轉過頭去，錯愕地瞪著妻子。

「隨你怎麼說，反正，為了家，我可以做壞人。」四月眼中的溫度一掃而空，語氣也變得冰冷，遠處雪山映入眼簾，讓她整個人似是蒙上了冬日，「早把她讓出去不就沒事了？要是早把小紅獻給黑蛇妖當祭品，就不用浪費那麼多糧食，我們今天也不會被逼著做選擇。」

大石沉默了，小紅則在母親的坦白和父親的默認中豁然頓悟，那些夜半的小聲爭執、日間的針鋒相對，原來都繞著她轉。

久以來的不平衡，剎那間都有了答案：事實就是，她是家中多餘的人，父母有了弟弟，就不需要她了！

「行！無論哪一個都好。」有人大叫。

「就按照四月說的，把小紅獻給黑蛇妖吧，這樣一來，我們馬上要有水喝了！」金鳳滿意地彎起嘴角。

小紅環顧四周，驀然驚覺這些頭綁黑布條、個個面目猙獰的村人，打扮就像黑蛇妖的爪牙。而他們臉上清楚的意圖，則大方揭開了苦澀的真相。

小紅想起四月老是拿黑蛇妖的故事嚇唬她，說什麼黑蛇妖會吃小孩，原來實情恰恰相反，是山民們主動把小孩包裝成禮物送上門去，藉此巴結神靈！

「從來就沒有黑蛇妖偷小孩的傳說對吧？傳說全都是你們大人編的，拿小孩當祭品，也是你們這些大人想出來的。」小紅怔怔地問。

「有些事情，小孩子是不會明白的。」薩滿老實回答。

「什麼黑蛇妖……長白山根本沒有黑蛇妖，黑蛇妖也沒有說過他需要獻祭，想要獻祭的是你們！」小紅激動地語無倫次。

「小紅……」大石以掌根按壓太陽穴，好似正忍受著巨大的偏頭痛，突然他像是想起了什麼，大聲喊道：「我有其他辦法，可以大賺一筆，換來讓全村吃飽的食物。」

「什麼辦法？」薩滿挑眉。

大石平舉雙手，高聲對所有人道：「我找到了一苗百年棒槌，可以換好多錢，買好多食物。這樣一來，我們都可以活下去了。」

眾人譁然，金鳳則不留情面地哈哈大笑起來。

「笑破我的肚皮了，要是你有這種本事，四月早就吃香喝辣了，我們還需要站在冰天雪地中你來我往的嗎？」她鄙夷地問。

「是真的！」大石急忙解釋：「我們紅丫頭碰上棒槌精了！紅丫頭，快跟他們說，妳是不是遇到一個穿綠衣的小神仙？」

「啊？」小紅從恍惚中回神。

「妳的朋友……叫什麼小綠的啊！」大石說。

在意識到大石口中的小神仙就是小綠時，小紅猛然發現父親欺騙了她。

「等等，你不是說，小綠是會害人的妖怪，是黑蛇妖化身成人嗎？」小紅雙眼圓睜。

「不那麼說，妳怎麼會願意幫妳父親繫上紅線？」四月冷冷地問。

「這……」她確實不會願意。

淚水潸然，刺痛了小紅的雙眼，即便是方才被母親推出去送死，她都沒有那麼難受……

被山民當作祈雨的祭品也就罷了，反正賤命一條，說不準還真能讓天下雨，也算死得其所。然而，為了錢出賣朋友又是另一回事，小紅親手為小綠綁上紅繩，無異於在他頸子套上繩結索命。

小紅想不透自己怎麼會那麼笨，父母又怎能如此勢利貪財，哄她受騙上當？痲木的感覺爬上小紅的後腦，她覺得自己像是隕落的夏季，被整個漫長的寒冬吞噬，哀莫大於心死，八成就是這種感受吧。

大石還不死心，希望能勸退村人：「各位仔細想想，一苗百年棒槌呢！我家紅丫頭已經將他綁上紅線了，別的我不敢說，放山這門本領可是無人能及，但憑我畢生所學，這回保證逮到棒槌精，到時候大夥兒一起發大財！」

「父親，我寧願死，也不希望你去找小綠。」小紅突然朝大石跪下。

「老娘懶得看你們上演離情依依的戲碼，浪費時間聽你們胡說八道。」金鳳對薩滿大喊：「直接把小紅捆了吧！」

「抓我、不要抓小綠，抓我、不要抓小綠……」小紅顫抖的嘴唇喃喃重複。

山民們一擁而上，源源夾在中間勸架，大石則捲起袖子高舉雙拳，眼看就要打起來。

電光火石的瞬間，一心希望挽救小綠性命的小紅，突然在想起小綠的提醒。

「等等，」小紅傾盡全力大喊，讓所有人嚇了一大跳。

「又想耍什麼把戲？」金鳳問。

「只要有水喝，就可以不必祭祀了，對吧？」小紅大聲問。

「這不是廢話嗎？」金鳳翻了個白眼。

「孩子，妳想表達什麼？」薩滿問。

「長白山上的天池裡，住了一個大怪物，是那怪物堵住了天池對外唯一的出水口，還讓池水結冰。只要打敗那個怪物，就可以解決乾旱的問題了。」小紅說。

「要去天池打怪物？瘋了不成？」洋洋嗤笑一聲。

小紅轉頭懇求大石：「求求您，水源才是根本的問題，還是去打怪物吧！」

「傻丫頭，我是個放山人，不是個獵人哪！挖棒槌我有十足的信心，可是打怪物……我連獵條貂都有問題了……」大石語氣生硬地說。

「那我自己去！」小紅感到氣憤難耐：「如果我有辦法解決旱災，父親是不是就不抓小綠了？」

「妳……」大石頓時語塞。

「不行，誰知道妳會不會回來？」洋洋狡猾地轉著眼珠子。

「如果我回不來，不就代表著已經獻身給山神，被黑蛇妖帶走了嗎？那也幫你們大家省點事。」小紅回答。

「這麼說好像也沒錯。」村人交頭接耳起來。

「不能讓她去！那丫頭肯定是看清了她母親的殘忍，和他父親的軟弱無能，所以決定逃跑了！」金鳳也說。

「我才不是那種背信的人，我和你們又不一樣。」小紅生氣地說。

很久沒有出聲的薩滿站在眾人中央，始終靜靜地望著小紅，對村民的叫囂充耳不聞，彷彿正以心智和神靈溝通。

「薩滿，您怎麼看？」有人問。

許久以後，薩滿獨排眾議，做出裁決：「好，我給妳兩天時間。」

第十一章 棒槌精

「往祕密藏身處走，是最快的一條路……」

小綠的話言猶在耳，此時此刻，小紅卻形單影隻走在孤獨的道路上。她是雪白世界裡唯一的小紅點，一個披戴冰霜和暮色、衣衫襤褸的小紅點，於呼嘯而過的風中、迎面而來的雪中踽踽而行。

涕淚在眼角和鼻孔結成冰晶，與撒落的雪花在臉上一層鋪過一層，塞滿靰鞡草的鞋底磨得破了，乾草從裂開的口子擠出，她只能拖著蹣跚腳步和逐漸凍僵的趾頭，在雪深及膝的山徑上跌跌撞撞。

說是山徑，其實也看不出是條路，動物足跡和獵人步道早被大雪湮沒，她只能挑稀疏的林子走，往樹叢與樹叢之間的縫隙鑽，稍有不慎，便會給銳利好比刀刃的結凍樹枝割傷。

小紅身上洗舊的顏色依然引人注目，好比一枚顯而易見的靶心，任何伺機而動的野獸都能輕鬆將她拿下，可是她管不了那麼多，也不在乎此行有多麼危險。

現在，她只感覺得到麻木……也許還有恨。

當村民們包圍她家，威脅大石和四月交出其中一個孩子作為祭品，而四月毫不遲疑地推出小紅時，那一刻，她的生命就被撕裂了，與孕育她的母體一刀兩斷。

難道小紅不是個乖小孩嗎？

她哪裡做的不好？

為什麼寧可留下弟弟而不要她？

震驚，讓小紅丟失了靈魂中某個重要的東西，以致於後來大人們繼續吵吵嚷嚷，她卻聽不見爭執、也看不見推擠，像是腦子進入冬眠，意識暫時與外界隔絕。

她整個人被抽空了，只剩下一具行屍走肉，空殼裡盛裝著唯一的一個念頭，就是她要疏通天池的出水口，讓瀑布重新灌注河道，人人都有水喝。

這時，一聲狼嚎劃破了靜謐。

「嗷嗚——」

小紅頓時渾身一僵，她沒想到在大石屢次空手而回，山民宣告林間動物已經死絕了的冬季，山裡居然還有狼。

狼是山上最卑鄙鬼祟的刺客，能安靜無聲地在森林中潛行，她的腳程再快，也跑不贏一匹狼，更何況連日來以雪塊和豆粒煮的稀粥裹腹，手腳早已不聽使喚……

似是從一場綿長的夢中驚醒，小紅急忙退至最近的一棵樹下，她背靠著樹幹，若小的身軀瑟瑟發抖，讓枯枝上的雪片也跟著抖落。

「嗷嗚——」狼嚎似乎步步逼近。

首先浮現腦海的念頭就是閃躲，小紅立刻催促起僵硬的四肢，試圖爬到樹上。她的身體雖然像棉花一樣虛弱輕盈，手腳卻笨重難移有如鋼鐵，可是她還不能死，還有任務在身，經歷了幾次失手與打滑後，小紅拚了命爬上樹幹。

她攀上一層，然後再上一層，來到離地兩個人身高度的分枝處，死命抱住枝椏，憋著呼吸不敢亂動，原本就失去血色的小臉更是比雪還要白。

惡狼轉眼間來到樹下，牠皺起鼻子嗅了嗅樹根，又沿著樹幹繞了一圈，隨即找到藏匿在樹上的小紅。

惡狼吐出舌頭微笑，鼻子噴出熱氣，像是看到了美味的肉塊，口水從舌頭和利齒邊緣溢出，然後從嘴角緩緩滴落雪地。

小紅在惡狼眼裡看到自己——細皮嫩肉的小孩。孩子堪比一頓豐盛佳餚，有可口的肉、香甜的血和鬆脆的骨頭，比野兔或松鼠好上百倍。

惡狼搖搖尾巴，眸子閃耀狡獪精光，小紅認得那慘澹寒光中的求生意志，狼讓她想起金鳳，同樣的精打細算，與同樣的冷酷無情。金鳳的骨子裡也是一條狼吧，但是她善於偽裝成狗，以熱情洋溢和慷慨大方讓人卸下心防。

同一時間，狼也看穿了小紅的無助，牠猛然探出利爪，嘶吼著撲向樹幹，在堅硬的樹皮上留下好幾道深刻的爪痕。

小紅嚇得噤聲。

接著，惡狼變聰明了，這回牠懂得倒退幾步，先衝刺一小段路再撲上樹幹……惡狼的每次嘗試都更加接近小紅，爪痕的高度也慢慢攀升，在惡狼不死心的嘗試下，樹枝不停於半空搖晃，位於高處的雪塊也不斷砸向小紅。

「嗷嗚——」狼氣餒地低吼。

狼就像金鳳。

金鳳就像狼。

小紅突然想到，對付金鳳那種死纏爛打的人，你無法迴避她，只能正面迎擊。顯而易見，繼續躲藏下去不是辦法，小紅遲早得和惡狼面對面，要嘛就是被晃動震下枝椏，要嘛就是被惡狼叼住褲管，然後一把扯下來。

於是，小紅活動了僵硬的手指，取出大石做給她的彈弓和彈丸。最艱難的部分在於她必須用雙手操作彈弓，一手握住弓柄、一手拉開皮帶射擊，也就是說，她只能以兩隻腳夾住胯下的樹枝，避免自己在攻擊前先掉下樹，或是攻擊的當下失去重心而掉下樹。

無論是哪一種，只要她沒有打敗惡狼，落地後的結局就只有一種。所以，在惡狼捲土重來之前，她只有一次機會。

小紅深吸一口氣穩定心神，繼而拉開彈弓，瞄準惡狼的弱點——眼睛。

狼與小紅同時發動攻勢，狼的爪子晃過小紅眼前，小紅則抓住距離最近的瞬間放開皮帶——

「嗷……嗷……」狼痛得悽厲哀號，轉身夾起尾巴逃跑。

咚的一聲，小紅也以倒栽蔥的姿勢掉到樹下。

「放山」，也就是進入深山老林裡採挖山蔘；「棒槌」，意即野生人蔘。自古以來，沒有人會在凜冬中放山挖棒槌的，從來沒有。

農曆四、五月份蔘苗萌發，這個階段稱為「放芽草」，蔘草還不夠大。進入六、七月時，開枝散葉的蔘草藏在盛夏的雜草堆中非常難找，容易和野葛搞混，這個階段稱為「放黑草」。等到八、九月的仲夏之際，約略三伏天左右，紅通通宛如漿果的蔘籽成熟，長得像一柄榔頭時，稱為「紅榔頭市」，這時方為採蔘的黃金季節。到了入秋則又不適合放山了，這時的蔘葉會轉為慘澹的枯黃，然後慢慢脫落，整株人蔘在冬天來臨時藏入土裡休眠，等待春暖花開時再度探頭。

放山挖棒槌也不會出現兩人一夥的組合。放山人自有一套規則和禁忌，怕有人見財心生歹念，所以忌諱二人成行，而四又與死諧音，所以四個人同去也不行。一般而言，放山人多為三人、五人、七人或九人等單數，因為將人蔘也視為一個人，回程時加上人蔘變作雙數，成為「單去雙回」的好兆頭。

可是今天，大石把所有禁忌全打破了。

他攤開布包，一一檢查他的放山工具──鹿骨針、快當刀、斧頭、紅絨繩、大剪刀和銅錢，還有祭祀用的鐵筷子、剪草用的小剪子、拽拉用的手鉤以及撬開石頭用的鐵耙子。挖蔘是精細的手工活兒，不能用圓鍬、鎬子一類使用蠻力的工具。

兩人的裝備打包後分別各為約八十斤，其中還包括遮雨用的布、夜晚保暖的鹿皮毯子和鴨毛墊，以及食用的小米和煎餅，糧食是善良的村民好不容易湊出來的。

大石將包袱捆好，再帶上他慣用的索撥棍，隨即離開家門，與源源一同在風雪中入山。

「應該把洋洋也叫上的，最起碼三個人才符合老把頭的要求。」源源邁開艱難的步伐，說領頭的大石說。

「不，現在這樣挺好。」大石回頭答道：「況且，我的良心實在不允許我拖人下水，倘若覺得不妥，你立刻回頭還來得及。」

「我可沒這麼說。」源源悶哼。

「唉，我對不起金鳳嫂子，竟然把你害成這樣。」大石嘆氣。

「那年大荒年，你爺爺救了我們家一命，」源源拍拍大石的肩，回答：「當時我就發下重誓，有朝一日定要報答你們。」

「其實你給的已經夠多了，人情早該還清了吧。」大石低語。

「不，獵物、糧食和柴薪也許是在還人情，然而這次我捨命陪君子，是因為我們倆是兄弟啊。」源源說。

「謝謝，衝著你這句話，我非得放手一搏，找到棒槌不可。」大石嚴肅地回答。

兩人徒步往老把頭墓的方向前進，每次入山前，放山人必須先到被視為山神的老把頭墓前祭祀才行。即便一開始就犯了兩項禁忌，大石並不打算漠視這條規定。

「不過，我說兄弟啊，你好歹也等小紅回家再做打算吧？」

「想要打敗天池怪物根本是痴人說夢，此行是我們全家唯一的希望。」

「可薩滿不是答應給她兩天時間？」

「薩滿發瘋，我可沒瘋。兩天後村民再度包圍我家，連我兒子也要去怎麼辦？」

「也對。」

大石與源源各自拄著索撥棍，用來當拐杖助行。索撥棍比農民用的鋤頭略長一些，頂端拴有避邪鎮寶的銅錢和紅繩，自古以來，專門用來撥開草叢、尋找人蔘。

索撥棍還有個重要的功能，就是作為放山人之間的暗語。用餐時間敲擊樹幹一下，代表召集大家吃飯，在眾人分散開來尋蔘的時候敲擊樹幹兩下，則為回報安全。因此，儘管出發時相當倉促，大石可沒忘了要帶索撥棍。

質地輕巧、拍擊聲響亮是索撥棍的必要條件，大石的鐵梨木製的六尺長索撥棍，是他爺爺的爺爺的爺爺留下的家傳寶貝。至於源源的索撥棍就沒那麼講究了，是一支赤榆材質的五尺長木棍子，畢竟源源家世代以狩獵維生，放山只是討生活的另一項技能，在團體中扮演好輔助的角色即可。

「唉呀，昨天晚上，我本來想要給你通風報信，可惜速度還是不夠快。」源源突然說道。

「原來半夜敲門的是你。」大石恍然大悟。

「是啊，除了我，還有什麼人會對你這麼好？」源源說。

「那你怎麼不在眾人面前替我說話？」大石問。

「你明知道我沒辦法。」源源雙手一攤。

大石停下腳步，嘆了口氣：「我知道。無論如何，前方生死未卜，多謝你陪我走這一遭。」

「也好啦，出來放山，省的在家聽金鳳嘮叨，前陣子她患了風寒，光是在家照顧她，都快讓我耳朵長繭了。反正現在是冬季，山上沒什麼蚊子，所以不需要在腦袋上綁個牛肝菌，點著了薰蚊子，這樣一來倒是省事啊。」說著，源源便哼起了歌。

大石聽了忍俊不住，「好了，別唱了，小心嚇跑了棒槌。要唱，等到了老把頭墓再唱吧。」

「好，到時一起唱喲！」源源挑眉。

「知道啦。」盡釋前嫌以後，大石終於不再自責害慘了源源。

大石和源源在向晚時分抵達紅松林邊陲，他們在遇到的第一棵百年老樹停下腳步，眼前的老樹高聳筆直，枝椏彷彿伸入天際，它粗壯的樹幹約莫是五個成年男子張開雙臂合抱那麼寬，茂密的樹冠上則堆滿積雪。

「就在這裡拜吧。」大石決定。

放山必須仰賴豐富的經驗和好運氣，前者需要長時間的練習，後者則有賴祭拜山神老把頭的庇佑。

而所謂老把頭墓，不見得非得是孫良墓，找棵夠格的老樹，在樹下立起三塊磚石，也有祭拜「山神老把頭」的意義。

源源將附近找來的三塊方形石頭取來兩個豎在地上，剩下一個橫向疊在兩塊上方，造出一個門框形狀的碑。接著，大石從包袱中取出準備好的三枝草莖，意即給老把頭上三柱香，插在石碑前方。

「老把頭，請保佑我們進山拿大貨。」大石朗聲喊道：「開山囉！」

「是！」源源應和。

「拿大貨！」

「是！」

兩人跪在地上，雙手合掌虔誠膜拜，最後以叩首結束祭祀。

眼見時候不早了，兩人也辛苦走了整天，於是大石花了點時間探勘周遭環境，然後選擇背風面東的山坡地，在一棵大樹下開始搭窩棚。

窩棚是放山人臨時的家，源源砍下幾捆樹枝，靠著樹幹傾斜擺放，接著再堆上另一層細枝，最上方鋪蓋遮雨布，一個三角形的乾燥空間便出現了。

大石攤開包袱，把溫暖的獸皮墊在窩棚內，再升起一堆篝火，隨即露出滿意的笑容，「這樣夠舒適了。」

「當然還是比不上溫暖的火炕，更別說炕上還有溫暖的妻子呢。」

「幹嘛？想家啦？」

「想個屁。」

兩人分食煎餅，暢飲煮滾後放涼的雪水，吃飽後閒來無事，有一搭沒一搭的聊起天來。

「來，給我說說你從出生以來，拿到過什麼大貨。」源源道。

「我想想，」大石苦思良久，回答：「應該是隨著我父親放山時，挖到的一棵『六匹葉』，大概有一個手掌那麼長。」

「一苗棒槌三年長出一匹巴掌葉，四年就是二匹葉……那六匹葉是多大歲數啊？」源源問。

「差不多十六七年吧，我還記得那苗六匹葉品相皮老紋深富有光澤，聞起來有泥土混合丁香的氣息，還有兩枝明顯的粗根，就像一個小人一樣有手有腳，後來在市集賣了個好價錢。」燃燒中的火堆將大石的雙眼映照得閃閃發光。

歲月每年會在人蔘的頸端刻下一條紋路，大石憶起那紋理細密的大貨，臉上泛起驕傲的神采，彷彿回到那個榮耀的時刻。

「夠吃很久吧？」源源哇了聲表示讚嘆。

「夠給我娶媳婦呢。」大石得意地說：「從那時起，我就發誓繼承祖業，今生只幹放山這行。」

一陣冷風灌進窩棚，吹得兩人渾身哆嗦，也帶走了美好的幻想和大石眼裡閃耀的光芒。

接著大石話鋒一轉，感嘆地說：「我到底是英雄還是狗熊，全看這一次了。」

「幹嘛這麼講？」

「兄弟啊，別以為我不知道，整座長白山上的人包括四月，都在等著看我笑話。」

「我可沒有喔，更何況，小紅還是很尊敬你的。」

「經過這次事情，我可不太確定了……」大石垂下頭，感傷地說：「況且小紅也不知道回不回得了家呢？」

「放心，小紅是妳的女兒，也會受老把頭庇佑。我保證等小紅回家，還是一如既往的喜歡父親，總有一天，她會明白什麼是顧全大局，也會懂你的心情。」源源說。

「嗯，還是你夠朋友。」大石嘆道。

「那是自然。」源源點點頭，又問：「這回我們要找的，你猜是多老的棒槌呢？」

「一棵能幻化人形的棒槌，八九不離十，絕對是個百年蔘王。」大石心神嚮往地說：

「對我而言，簡直是夢想成真，是一輩子難得的好機會。」

「你一定要大展身手，這一苗蔘王，夠全村不捱餓了。」源源微笑。

「是啊。」大石道。

兩人興致一來，突然就扯著嗓子唱起山歌——

「長白山上喲，有山神！」

「保佑放山人喲，放山人！」

兩句歌詞重複了一遍又一遍，大石和源源像是為了給自己壯膽，又彷如看不見明天似的，扯著嗓子又喊又叫，唱到聲音都沙啞了、睡意都襲來了才肯罷休。

隨後兩人各懷心事，望著幽幽的火光發愣，慢慢打起瞌睡。

這時，在黑暗的夜幕下、雪白的坡地上、橘紅的火光中，一條綠油油的小蛇從窩棚旁滑行而過，口中還嘶嘶吐信，完全沒有懼怕的神情和鮮豔的色彩在夜裡的郊外異常顯眼。

「唷，一條錢串子。」大石打了個呵欠。

「這麼冷的天，竟然還看得到錢串子？」源源咕噥。

「別管它，此乃吉利之象，必定是老把頭在冥冥之中保佑我們。」大石說。

莫名冒出的小蛇為他們帶來希望，這讓大石更加堅定信念，認為自己此行必然會找到夢寐以求的百年棒槌。

隨後，兩人在一整天的疲憊中沉沉睡去，繼續追逐著他們的發財夢。除了那條小蛇，沒有人注意到入夜後，從林間飄來的古怪濃霧。

小紅在次日清晨醒來，第一個念頭是懷疑自己怎麼還沒死，在山中迷途的人要不是失溫凍死，就是被野獸吃掉，前夜是怎麼渡過的，小紅完全沒有概念。

愈是遠離村落，小紅就愈能夠正常呼吸，被排拒在外的感知能力似乎又慢慢回到身上。當麻痺的感覺漸漸褪去，小紅有如宿醉之人，慢慢從一團混沌中恢復清醒，可怕的後勁讓她冷到了骨子裡，全身都在打顫。

她微微仰起臉，讓融化的結晶和淚痕混雜在一起，假裝自己沒有在哭。無法忽略的事實就是，所謂的「家」，少了她也沒關係，她是多出來的那一個。

是啊，冬天遲遲不走，猶如苟延殘喘的老人。小紅不禁納悶，漫長的凜冬和絕望的山民，哪一種更為冰寒殘酷？

她只能強迫自己繼續前進，絕不停下腳步。

往祕密藏身處走、往祕密藏身處走……冥冥之中，小綠的叮嚀引領著小紅，就像喜鵲報春一樣清晰。

小紅抵達百花公主與夫婿殉身的石壁前，日益消瘦的身形讓她輕鬆通過夾縫。接著，她抵達被冰封的百花瀑布，半透明的冰柱自高處散落而下，猶如百花公主披垂的髮束，心寒的小紅也覺得自己行將就木。

她繼續走向樹林，也就是上回和鹿王相遇的地方，經過之前採集山菜的莽叢和發現蕈菇的枯木，舊地重遊讓小紅不禁思念起小綠。

往事歷歷在目，淚水刺痛眼睛，小紅挑了處低矮的樹墩坐下，決定自己值得花點時間黯然神傷。

也幸好小紅耽擱了那麼一下子，才能分神注意到那條偷偷靠近的大蛇。

那條蛇足足有一個虎背熊腰的成人臂膀那麼粗，通體碧綠猶如一條玉帶子，滑行的姿態既優雅又不懷好意，行經雪地的聲音好比指尖刷過柔滑絲綢，尾端還拖著長長的壓痕。

要不是牠抖動的分岔舌尖像在品嚐小紅的氣息，細長冰冷的瞳孔直勾勾地盯著小紅看，小紅可能會覺得那條蛇十分稀奇美艷。

「蛇？」小紅從樹椿上一躍而起，接著拔腿就跑。

小紅心慌意亂地思考對策，險些又要爬上樹，隨即想起這回她不能爬樹擺脫大蛇，畢竟論及爬樹，蛇可比她技高一籌呢。

背後令人毛骨悚然的聲音告訴小紅，大蛇仍舊窮追不捨，忽然間，小紅被一截老樹根絆了一跤。

這一下子來得巧，剛剛好，讓她瞥見前方不遠的老樹洞。

是狐穴還是兔窩？管他的，沒有時間多作他想，小紅連滾帶爬衝向樹洞、擠進洞內，等到她勉強轉身面向洞口時，才驚覺自己根本是作繭自縛。

樹洞等於是無處可逃的死胡同，小紅恨恨地罵自己笨，現在也來不及鑽出去了，只能雙眼一閉，乞求大蛇給她的痛快。

大蛇朝樹洞游移而來，陰沉果決的神情好像小紅的母親四月，只見牠伺是明白獵物逃不掉了，得意洋洋地張開了血盆大口——

說時遲那時快，一抹漆黑殘影掠過眼前，以迅雷不及掩耳的速度撲向大蛇的頭部。

小紅定睛一看，發現那是隻毛皮黑亮的紫貂，胸口還帶有一撮白毛，樣子相當眼熟。

某個回憶片段跳出腦海，她想起自己於美人松林機關下救出的紫貂，但不確定是不是同一隻。

「唧——」

貂和蛇是天敵，纏鬥的過程也不分軒輊，蛇不斷發動攻擊，然而，每次都被紫貂靈巧地閃避而過。

綠蛇雖然體型較為龐大，可是反應速度仍不及紫貂，紫貂總是趁著綠蛇盤旋的時刻猛然扭轉腰身，回頭便給綠蛇一爪，或是趁機咬上一口，佔盡了上風。

小紅這時注意到，那頭紫貂的其中一條腿有點瘸，卻不影響牠俐落的行動。也許牠真是自己放走的那隻貂？也許貂也有靈性，懂得知恩圖報？

小紅提心吊膽地注視著一切，在心中默默為紫貂加油打氣。

很快地鮮血染紅了雪地，四處血跡斑斑，然而紫貂毫髮無傷，綠蛇看起來傷勢頗為嚴重，不僅反擊變得遲緩，原本富有彈性和光澤的蛇皮也被咬得坑坑疤疤體無完膚。

紫貂和綠蛇扭打成團，紫貂緊咬住綠蛇的喉頭，再也不肯放開。

二者糾纏了一小段時間，終於綠蛇斷氣了，猶如軟趴趴的皮帶橫亙於地，紫貂這才願意鬆口。而原先潔淨無瑕的雪地在經歷一番肆虐過後，變得像腥紅的爛泥地一般慘不忍睹。

「謝謝你！」小紅決定不管紫貂聽不聽得懂，她都要向牠道謝。

紫貂眨了眨慧黠的眼睛，朝她點了點頭。

「謝謝你，」小紅再次誠心誠意地說道：「我想要抵達天池，必須通過狼、蟲、虎、豹四大關口。因為有你，我的路已經走完一半了！」

聽到這裡，紫貂歪著腦袋想了想，隨後走向老樹洞，當著小紅的面翻身躺下。

離奇的是，半晌後，紫貂竟化作一縷青煙，看得小紅瞠目結舌。

紫貂就這麼消失了，不，也不能說牠消失，因為原本牠躺著的位置，好端端地擺了一張完整的毛皮。

至於紫貂，片刻前還活蹦亂跳的那隻紫貂，牠的血與肉、骨與筋，則像是消氣了一樣無蹤無影……

大石是給冷空氣凍醒的，清晨時分，篝火已經熄滅了，燃燒過後的餘燼在雪地上形成焦黑的記號，讓大石忍不住聯想起老把頭孫良的絕命詩。

他甩開不吉利的念頭，搖醒了源源，囫圇吞下半塊煎餅準備上路。

兩人只從窩棚帶走必要的獸皮和遮雨布，留下剩餘的木柴和兩塊煎餅，這麼做是為了給之後進山的放山人一個方便，搞不好那些東西能救命，儘管他們並不曉得自己能不能平安回家，又或者，未來還有沒有人願意以身犯險。

「奇怪，昨天還沒有大霧啊。」源源環顧四周，忍不住嘀咕：「這不是正常的情況吧？」

身為一輩子都在長白山上討生活的獵戶，源源非常清楚冬季裡會刮風下雪，但是絕對不會起霧。

有時候風雪很像霧氣，兩者都會愚弄山民的眼睛，遮蔽前方的視野，成為致命的危機。但是霧氣是輕盈、濕潤且碰觸不到的，風雪卻質地更為厚重，掉在身上會有所感覺，雖然不痛也不癢。

「怪了，你有沒有覺得，樹林好像變得更靠攏了些？昨天不是這副模樣的。」源源詫異地揉揉眼睛。

大石心裡有個底了，又是濃霧又是老林，眼前擺明是道「迷魂陣」。恐怕無論是莫名其妙的大霧還是自己會移動的樹木，全都是衝著他們來的。

「無所謂，穩定心神。」大石不動聲色地說，態度自信沉著。

小綠是百年棒槌精一事，大石原本就深信不疑，既然是個山精鬼魅，那麼，有辦法呼風喚雨也不算意外。會化成孩子的百年棒槌精總不可能傻等放山人來到家門口，而不給他們製造一點麻煩吧？

霧氣愈來愈厚，冬雪佔據了視野，放眼望去全是無邊無際的白色，經驗不足的放山人很容易迷失方向，或被自己的焦慮逼瘋。

大石抬眼遙望東方，也就是日出的方向，讓朦朧的金色光點成為一枚定位的錨，再次確定兩人的位置，「往這邊走。」

兩人即刻上路，僵硬的手指拚命拉緊帽兜，猶如兩名風塵僕僕的旅人。他們遵循先人智慧，邊走邊折斷凍結的草莖，沿途留下記號，這些記號果然也幫上了大忙。

通常，放山人是不以言語溝通的，他們需要長時間保持專注，避諱開口交談，然而當源源走了老半天，卻像鬼打牆似地回到睡醒後的出發地點時，他再也沉不住氣。

「我們好像又繞回原地了？」源源納悶地瞪著他不久前親手折斷的草枝。

大石一語不發，心中忍不住犯嘀咕，明明他們一直朝西方直線前進，半途也沒有岔路，難道連太陽都不能夠信任了？

此外，他也注意到凝聚的霧氣似乎更具有形體了，好比一隻擁有生命的鬼魅，死命纏著他們不放。此刻的能見度只剩下二十步之遙，若是前方出現懸崖，他可能會在掉下去葬身谷底之前，才猛然煞住腳步。

無奈之下，大石只好祭出最後一個辦法。

「不如我們暫時分開走，也許其中一個人能找到對的路。」大石說。

「然後再呼叫另一個人。」源源接話。

「嗯，也只能這樣了。」大石答。

即便二人都不是很有把握，仍然很有默契地點點頭，各自挑選一個方向，隨後邁開步伐，分散開來找路。

每隔一段時間，雙方就以索撥棍敲擊樹幹兩下報平安，以聲音作為判斷的暗語，讓對方知道自己的方位和距離。

一步、兩步、三步……大石數著步子，每走一百步就舉起索撥棍敲個兩下，然後，他就會聽見不遠處傳來另外兩下敲擊聲。鐵梨木清脆的聲響和赤榆略為沉悶的響聲彷若彼此的回音，你來我往地相互應和。

詭異的是，不管走了多遠，大石總覺得源源始終在自己附近，兩人並沒有拉開距離。

當太陽緩緩爬升到最高點，在濃霧中似是一團金紅色的閃光，這一刻，大石也第三次回到昨晚過夜的窩棚。

不寒而慄的感受爬滿大石全身，他感到口乾舌燥、心跳加快，各式各樣不祥悲慘的念頭冒出腦海，倘若昨晚遇見的錢串子不是老把頭派來的引路人，而是替棒槌精打探情報的赤侯呢？

這次他沒有數到一百步，他趕忙舉起木棍，用力敲了兩下。

哐、哐——

咚、咚——

源源的回報幾乎是立刻傳進大石的耳朵，彷彿兩人近在咫尺。

此刻，大石僵立原地，赫然驚覺自己的失策……

傳說中的迷魂陣是這樣的：山精妖魅對山民施以法術，屏蔽他們的視線，就像塞了一張虛假的畫面在眼前，難以看見真實。

所以，有可能兩人近得觸手可及，卻莫名其妙看不見對方。

更糟糕的是，他們浪費太多時間了。

咚、咚，咚、咚。

咚、咚、咚、咚、咚、咚、咚、咚——

就在大石失神的剎那，突然間，四面八方都是敲擊樹幹的咚咚聲響——大石被沒有形體的敵人包圍了。

孤身一人上路，沒有小綠作伴，小紅第一次一個人走得那麼遠。

愈往山高處攀爬，空氣愈是稀薄，冰雪刺痛了她的呼吸，在她凍僵的臉上化作熱淚，在她空虛的肚腹裡融成無以復加的飢渴和苦澀。

在老樹洞前，她拾起了紫貂的毛皮，直覺那是一件送給她的禮物。雖然還不明白有何用途，但小紅聽說貂皮非常值錢，或許在回家以後，能夠拿到市集裡交易。

從大蛇嘴下死裡逃生，讓小紅回想起蒙根呼與小白龍的故事。小白龍因為蒙根呼救牠一命，情願犧牲一顆眼珠子，讓蒙根呼帶回「夜明珠」向富人交代。動物尚且知恩圖報，她又怎能做個忘恩負義的人？

要是沒有小綠陪伴她找到靈芝草，她如何救弟弟一命？

要是沒有小綠指引方向，她怎麼知道要登上天池、解救村人之渴？

要是沒有紫貂咬死大蛇，她也不可能活到現在。

小紅捫心自問，她是要當蒙根呼，還是要當小白龍？

但是，維護小綠就等於背棄她的家人啊。就算四月不要她，大石還是要她的，況且，襁褓中的小弟弟又何其無辜？

小紅再往前走了兩步，撥開一根遮蔽的枝椏，此時視野開闊起來。

假使她猜得沒錯，這裡應該就是百花公主瀑布的上游，同時也是連接天池的河口。現在小紅明白，為什麼小綠會建議這條路線了，經由祕密藏身處前往天池的距離很短，彷彿是條專門為仙人打造的捷徑。

真是仙境哪，前方是條河面結冰的溪流，兩側河岸光裸的枝椏上，布滿積聚凝結的霜雪，因而形成不透明的冰晶，讓枝頭彷若開滿了潔白燦然的梨花。

這些玉樹瓊枝好似仙人宮殿的樑柱，一陣刺骨北風吹來，枝頭掉落的銀屑便像蒲公英一般在風中狂舞；當冷風止息，陽光照射下的冰晶又折射出繽紛色彩，讓人眼花撩亂。

小紅看得如痴如醉，心裡仍惦記著小綠，要是小綠也能與她一同欣賞美景，該有多好呢？

就在小紅耽溺於思緒的同時，一頭東北虎加入了她。

小紅是先感覺到炙熱的凝視，才瞥見那頭黃色皮毛間雜黑色條紋的東北虎。

牠八成是一頭雄性老虎，因為公的身形比母的大上許多，而那頭筋肉結實的東北虎光是尾巴就有一公尺長，身長約莫四公尺，貌似超過三百公斤重，是一頭成年的大傢伙，可以輕鬆撂倒獵人的猛獸。

小紅聽說，東北虎習慣於夜間活動。但這趟孤單的旅程太過光怪陸離，所以她也見怪不怪了。

東北虎好整以暇地舔了舔爪子，視線不經意地晃來晃去，那是對待手到擒來的玩物的態度。接著牠抖動皮毛，以蹲伏之姿輕鬆跳過八公尺，一晃眼便來到結冰的河面中央，面向小紅昂然而立。

小紅自知該來的總是會來，東北虎是前往天池的第三道關卡，她別無選擇，只能硬著頭皮面對。然而，她不認為這回能以彈弓打敗老虎，也想不出來除了紫貂，還有誰會捨命相救，她的好運已經消耗完畢。

此刻，她更加想念小綠了。

東北虎的後腳呈現蹲姿，準備撲向小紅大快朵頤。

「小綠！」小紅高聲喊著。

突然間一陣天搖地動，彷彿神靈發怒撼動山河，小紅還以為是小綠回應了她的呼喚。

地牛翻身了，地面劇烈搖晃，山峰也震個不停，大面積的雪塊沿著河道下坍，態勢好比山洪爆發，粉塵則如奔流般滾落。

東北虎被來勢洶洶的雪崩嚇得吃驚跳開，躲回起先藏身的樹下，小紅則愣愣地望著河岸彼端，她不曾見識到如此壯觀的景象，還以為是山神動怒了。

搞不好真的是山神顯靈，圍繞東北虎的樹枝紛紛抖落了冰柱，像是一陣螫人的急風驟雨，銳利如刀的冰柱敲暈東北虎的腦袋、扎入牠的眼睛、刺進牠的皮膚，東北虎怎麼也想不到，自己竟然在臨死前化身為一頭箭豬。

一條河道將兩邊河岸分成兩個世界，成為生與死的界線，等到風平浪靜以後，小紅朝天池的方向拜了又拜，良久以後才起身離開。

雪崩來得毫無預兆，起先是腳底滑了一下，就像有人猛然將地面抽離。大石踉蹌跌倒，直覺地牛翻身了，他趴在地上，是先聽見劈哩啪啦的聲響，緊接著才看見山頭滾落雪塊。

「老把頭保佑、老把頭保佑……」

大石以最快速度自地面一躍而起，只花了一個心跳的時間便決定朝右方側身翻滾，他想像自己是一個彈性十足的黏豆包，手腳並用地往右翻了一圈，然後再翻一圈，希望能避開大雪坍方的路線，從雪崩中死裡逃生。

「大石！」沙啞的聲音喊他。

憑藉那聲叫喊，他認出源源就在四尺之外，翻滾之間，一掃而過的眼尾餘光彷彿捕捉到一抹神似源源的身影。

然而，大石根本看不清眼前上下顛倒又影像模糊的世界，他只知道大量的白色粉末猶如飛瀑，從山頂一路衝下山坡，沿途壓倒樹幹、折斷樹枝，甚至擊退了方才的古怪敲擊聲。

雪崩來得快去得也快，彈指間又風平浪靜，只有像被怪物咬掉一口似地扭曲變形的山稜證明天崩地裂曾經存在。

等到大石因被雪花塞滿口鼻而咳嗽連連，跪在地上大口呼吸，眼淚鼻涕齊流並感謝山神饒他一命時，源源轉瞬即逝的深褐色粗布衣衫早已不見蹤影。

「源源？」大石驚慌嚷道。

他衝向最後瞥見源源的地點，把身上的包袱一扔，徒手挖開鬆雪。

大石像條慌張的老狗一樣拚命地挖，想要把被活埋的源源從雪堆中挖出來，雪屑從指爪間飛濺而出，他本來就乾裂的皮膚更是滲出鮮血，體能和意志都被逼到極限。

也許是命不該絕吧，大石挖了二三十下，果然看見雪地中露出源源的衣角，這讓他更加肯定源源被壓在底下。於是大石更加賣力，他繞到頭部的位置，先挖出源源的整張臉，撥開堆在鼻子周遭的雪，讓他能夠順暢呼吸。

「源源？」大石匍匐在雪地上，緊張地喊著好友的名字。

「呸。」源源吐出一口雪水。

「呼——幸好你還活著。」大石鬆了口氣，倏地跌坐在源源身邊，他覺得渾身酸痛，彷彿被人狠狠揍了一頓。

「是啊，要是金鳳做了寡婦，你這輩子都得忍受她糾纏。」源源有氣無力地說。

「還有心情說笑，」大石喘息著道：「看來我可以先回窩棚休息，明天再來接你就好。」

「兄弟，別這樣。」源源苦笑著對大石說：「大石……我的腳好像癱了。」

「什麼？」大石倏地直起身子，目光挪向源源的腳。

「腳不能動，沒有感覺……」源源哭喪著臉說。

大石連忙爬到源源腳邊，以安撫嬰兒般極其輕柔的動作推開覆蓋的雪，循著斑斑血跡，怵目驚心的破爛褲管映入眼簾。

這就是源源沒能像大石一樣成功逃跑的原因，也是他驀然跌倒的理由，砸在他腿上的，是一顆伴隨雪塊滾落的大石頭。

那個石頭足足有腦袋那麼大，加上俯衝下來的力量，難怪會把一個獵戶結實的腿給砸得稀巴爛。大石猜想要是石頭撞上的不是腿，而是源源的頭，那麼此刻源源八成也沒命和他說話了。

「情況怎麼樣？」源源問。

「不太好。」大石緊皺眉頭。

「怎麼個不好法？」源源又問。

「可能會變瘸子。」大石難過地回答。

接下來是一片靜默，源源臉色蒼白，努力消化著這個難以接受的事實。

「別擔心，兄弟，我很快就會把你給弄出來。」大石向源源保證。

「你先讓我考慮半天，我得想想，是要當個瘸子、讓金鳳嘮叨一輩子，還是乾脆做個耳根清淨的死人。」源源苦笑。

「別胡說八道。」大石搖搖頭，起身尋找他的索撥棍。

大石在丟開包袱的地方找回了鐵梨木索撥棍，他以木棍抵住石頭下緣作為施力點，接著用力一壓，像撬開大鎖一樣，啪的一聲，瞬間讓源源恢復自由。

「唉呀，你的祖傳索撥棍！」源源失聲喊道。

啪。只見索撥棍挪開石頭的同時，棍身也從中央折斷，霎時一分為二……

小紅帶著數不清的擦傷，費盡千辛萬苦，全身由裡而外每一吋都給凍得麻木，終於在長途跋涉後抵達天池。

然後，她一時幾乎忘了呼吸。

湛藍的天池鑲在群山之巔，猶如一件珍稀珠寶，周圍覆蓋白雪的連綿山峰是羊脂白玉，中央的天池則是色澤瑰麗的美玉，果真像極了傳說中小白龍的眼睛！

若有人說天池不是夜明珠的化身，而是仙女遺落的一柄宮鏡，小紅也願意相信。

據說山麓南側的「胭脂山」景致特別宜人，不僅石頭是紅的，連爬山菊也是紅的，小紅不曾親眼見識，但聞父親提過，那深淺不一的紅色讓山坡宛若塗抹胭脂的女人，尤其夕陽西下的時刻，紅紫色的晚霞與山麓相互輝映較勁，好似兩名互不相讓的美女。

她睜大渴望的雙眼，隨手順了順毛躁凌亂的髮辮，一路走來，小紅的臉頰在勁風的拍打下乾燥且泛紅，嘴唇和指頭也裂開了，但是這一切都非常值得。

稀薄的空氣壓縮著她的胸腔，小紅吁吁地喘著，覺得渾身輕飄飄，踏著不穩的步伐來到天池唯一對外的疏濬位置，也就是長白瀑布旁，認真評估起她所面對的局勢。

天池景色固然如仙境般宜人，然而，池水卻在凜冬中凝結為化不開的冰，如何才能敲破厚厚的冰層，讓冰塊搖身一變為奔騰的河水，滋潤乾渴的山民呢？

小紅緊抿雙唇，陽光就在頭頂上，將天池映照得光可鑑人，可惜這樣的熱度還不夠，她灰心地猜測，也許得燃起一百支火炬，或是一千堆篝火，才有機會融化萬分之一的池水吧。

要是小綠在這裡就好了，起碼有個商量的對象。解除旱災的任務太過艱困，就算小綠想不出什麼好法子，能有個人陪在身邊，就是精神上莫大的安慰。

小綠、小綠……小綠？

小綠的名字彷若一聲悅耳的鳥啼，令小紅靈光乍現。

她這才想起臨別前小綠交給她的布包，以及小綠語重心長的提醒：「裡面有妳需要的東西，等到達天池，再打開它吧。」

小紅趕緊摸摸口袋，確認布包還在，然後把它給掏出來。

布包十分輕巧，上頭綑綁麻繩，她猜不出裡頭裝了什麼，感覺不像是武器。小紅暗自希望小綠給她的是能永續燃燒的火種，這樣一來，她就有辦法對付冰層了。

小紅笨拙的手指著急地解開繩結，每用力一次都疼一下，當她攤開布包，仔細端詳起包裹內的物品時，卻感到大失所望。

哪有什麼她需要的東西？包袱裡裝的是一把小綠之前和她分享過的紅漿果，還有上回和鹿王打架，鹿王遺落的其中一支鹿角。

小紅茫然不解，小綠的意思是要她路上肚子餓了以漿果充飢嗎？那鹿角又是幹什麼的？

小紅想得太過入神，這時，一頭豹子彷彿憑空出現，霍地躍入眼簾。

「唉唷，嚇死我了！」小紅倒退兩步，接著好奇地打量那頭動物。

小紅已經不怕狼、蟲、虎、豹了，一路走來，她領悟到狼蟲虎豹也不過是克盡自己的職責罷了，牠們想要守護天池和天池裡的怪物，這種行為，和山民想要保護家人有何不同呢？

她繼而轉念一想，如果只能養活一個小孩，那麼，四月想要留下傳宗接代的兒子，又有什麼不對？

再者，金鳳一針見血地戳破事實，瞧不起大石和四月，想來也有幾分道理了。

豹子無聲無息地踱著步子，還悠閒地甩動尾巴，似乎也不怎麼著急。

「豹啊豹，你從哪裡來的？還是說，你就是肆虐天池的妖怪？」小紅問。

豹子沒有回答。

既然對方按兵不動，小紅也乾脆瞪大眼睛打量那頭身披金黃色圓形斑紋的花豹，把牠看個清楚。

牠的下顎強壯有力，嘴側有兩排斜形白色鬍鬚，雙眼閃爍磷光，瞳孔在光線下收縮為兩個小光點，看起來相當……俊美漂亮？

小紅詫異地發覺自己很平靜，好不容易走到這裡，要是沒有達到目的，她也不打算回去了。

「隨便你要怎樣，反正我是打算賴著不走了。」小紅心一橫，用力將鹿角插進雪地，目光坦然無懼地迎向豹子。

豹子興味盎然地偏著頭，低低吼了一聲。

豹吼似是某種訊號，能喚醒沉睡於天池池底的生物，下一刻，山頂以某種詭異的低頻震動起來，冰湖碎裂為無數形狀各異的大小冰磯，小紅霎時跌坐在地。

小紅還以為自己什麼都見識過了。再也不會有讓她目瞪口呆的景象出現，沒想到，先是長了鬍鬚的頭，然後是長長的身體和爪子，天池裡竟冒出了一條龍！

一條龍！一條身披鱗片、擁有兔眼牛嘴、鷹爪蛇身的純白無瑕的龍。

「是你！」小紅恍然大悟，原來這就是霸佔天池的怪物，「你是傳說中的小白龍嘛。」

豹子淡漠地守在原地，彷彿已經非常習慣龍，絲毫不受影響。

「豹啊豹，所以你是天池怪物的看門狗？」小紅問。

龍從裂開的地底深處向上攀，一股腦兒鑽出冰面，等到牠豁然現身，蜿蜒的龍身簡直比擬從村頭到村尾那麼長，光是龍頭就比小紅整個人還要大。

龍以睥睨之姿瞥了小紅一眼，以震耳欲聾的聲量道：「小小丫頭，好大的膽子，不但打擾龍王的好夢，還嘲弄我的御前大將軍是條看門狗？」

「什麼龍王，你是蒙根呼的小白龍。」小紅挺起胸膛。

「妳不怕我？」龍問。

「不怕，我認識的一些人，比妖怪還要可怕。」小紅說。

「小不點講話的口氣倒是很大。既然都把我吵醒了，妳說說看，到底想要幹什麼？」龍又問。

「我要打破天池的冰，讓瀑布重新流動，讓水注入河川，萬物得以滋養。」小紅坦然回答。

「什麼？」龍低下頭，瞅著小紅散開的包袱，「千年人蔘籽？鹿王頭頂角？」牠伸出指爪勾起紫貂的貂皮，然後甩到一邊去：「貂王身上衣？妳還真是有備而來。」

「我聽不懂你說什麼。」小紅老實回答。

「傳聞不是說，服用千年人蔘籽以後就會變成半個神仙，接著再披上貂王身上衣，就可以潛入水裡以鹿王頭頂角殺死龍王？」那條龍捻鬚大笑：「妳真的以為有了那些寶貝，妳就打得過我？」

「我沒有計畫要這麼做。」小紅非常認真地對龍說：「如果你是小白龍，那麼你的內心一定和我一樣為人民著想，既然如此，我又何必殺掉你呢？」

「我再也無法信任你的人民了。」龍冷冷地說。

「但是你可以信任我。」小紅勇敢地迎視對方。

「妳？」龍投以懷疑目光。

「世界上有好人也有壞人，就像動物也有好壞一樣。」

「所以妳是好人嗎？」

「我不知道……」小紅猶豫地說：「我對父母很孝順，卻不是個好朋友。你呢？你有把握說自己是好人嗎？」

「這……」

「既然你也不敢保證，那是不是應該讓人民活下去，才有機會選擇要做個好人還是壞人。反正等到死了，閻王老爺自然會公正評斷。」小紅說。

「似乎有點道理。」龍鬚悠揚甩動，龍點頭同意：「但是要怎麼證明妳的真心呢？我想想，如果我說要挖出妳的一隻眼睛，妳也願意？」

「我願意。」小紅執拗地說。

龍大笑出聲，轟然笑聲彷若雷擊，「好吧，我被妳說服了。妳是個善良的好孩子，和蒙根呼完全不一樣，我很欣賞！」

「蒙根呼……也許他有家要養吧。」小紅低語。

龍狂吼一聲騰空飛起，突然化作一道金色的光芒，在天池上方不停打轉。熠熠光輝讓小紅睜不開眼，四片眼皮緊緊相依，和唇瓣一樣保持安靜。然而小紅一點都不擔心，她相信小白龍一定會信守諾言，和千百年前的傳說故事一樣牢靠。

黃色、紅色和刺眼的白交織為曖昧不清的光亮，小紅緊閉雙眼，被一股燦然暖意包覆，她似乎還聽見盈耳不絕的流水聲，先是淅瀝瀝，接著嘩啦啦，逐漸由小而大……

大石繼續向下挖，自己都成了個泥巴人，直到能將源源像拔蘿蔔一樣完全從雪地裡拉起，才喘噓噓地停止動作。

他們查看傷勢，確認源源的一條腿廢了。

在沒有時間哀悼，也沒有心思頹喪的情況下，大石取出包袱中的遮雨布，以剪子裁切為適當大小，在簡單包紮以後，傷口勉強止住奔流般的血勢。

這時，源源仰起慘白的臉看向大石，喉頭擠出乾澀的聲音：「兄弟，我只會拖累你，聽我一句，你別管我，自己去找棒槌吧，反正我在出發前，早就置生死於度外了。」

「門都沒有，我才不要像孫良的拜把一樣，白白犧牲兄弟。」大石斷然拒絕。

接著，大石讓源源的胳膊搭在自己肩上，架著源源慢慢往前走。

「我說你啊別固執了，瞧瞧我們倆的德性，又弄壞了索撥棍，又搞丟了一半裝備，其中一個傻瓜還受了重傷，這樣能找得到棒槌嗎？」源源拖著一條廢腿，賣力以剩下的那條小步跳躍。

是啊，他必須做出決定，究竟是要以殘存的力量去追尋渺茫的希望，還是先送源源回村裡去？若選擇前者，則無異是對源源宣判了死刑，然而若是選擇後者，那麼這個大荒年，全村將無一倖免。

「要死一塊兒死，要嘛兩個人一起回家，沒得商量，沒得通融。」

大石不願被絕望打敗，他讓盲目的信心點燃胸口，覺得自己這輩子從來沒有如此篤定過。

不知不覺中，兩人以勉強堪用的三隻腳緩步來到河邊。大石還在苦思對策，讓他攙著的源源卻像是痙攣般狂烈地顫抖起來。

他中邪了？不，他在笑。

源源中邪似地歪嘴狂笑，用力拉扯大石的袖子，伸手指向結冰的河面。

「幹嘛？」

「噓！」

源源示意要大石安靜，表情好像在說：別把它嚇跑，你快看看，那是什麼？

順著源源手指的方向抬眼，大石瞥見光滑如鏡的河面上，有一叢紅豔窈窕的影子──那倒影瞬間佔據了大石的眸子，同時也征服了他的心跳。

大石急忙抬頭尋找，隨即在河岸上方幾尺的崖壁中央，發現一株繫著紅繩的成熟人蔘！它懸空的草葉和漿果迎風搖曳，像極了伸長頸項顧影自憐。

接下來的一切宛如排練過上萬次一樣，大石低吼：「棒槌！」定住人蔘，避免具有靈性的人蔘縮進地底潛行逃跑。

大石和源源相視而笑，後者伸手推擠大石背上的包袱，好似催促他趕快挖出來看，鑑定是不是他們苦苦追尋的那苗百年棒槌？

大石先是微笑點頭，隨即肅穆搖頭，意思是他明白源源的心急，但放山切忌莽撞行事，一切答案都要等到挖出整株人蔘才能揭曉。

寸步難行的源源被留在河邊，大石則獨自攀上土崖，當他抵達位於林間岩下、四周滿是腐土且排水良好的陰涼處，更認定該處果然是適宜棒槌生長的寶地。

他謹慎地為棒槌綁上紅絨繩，三跪九拜表達嗚謝，然後像大夫一樣攤開工具，細心排成一列，先撿起鹿骨針，從方圓一個手腕長的距離慢慢開挖。

青苔、樹葉、泥土和草繩混合而成的包裹已經準備好了，就等人蔘出土，包入苔蘚泥巴裡保鮮。

光陰在大石的指間緩緩流逝，許久以後，他挑開碎石、抖落泥土，預備見證奇蹟。大石在心裡默默倒數，一、二、三……

尾聲

老太婆守著這片山頭，已經不曉得幾百年。

她的滿頭白髮，比終年不化的積雪還白；她的一臉皺紋，複雜更勝老樹年輪。

有人說，她是因為吞下了千年人蔘籽，才得以永生不死；也有人說，她根本不是人，早被山精妖魅同化。

老太婆已經非常非常老了，佝僂身影終日佇立於老屋之前，炯炯目光，定定遙望，日復一日地等待……

等待那個會唱「一盆炭，兩盆火，太陽出來晒晒我」的男孩。

要是此生能再相見，老太婆告訴自己，絕不要往他身上綁紅繩子了。

老太婆會告訴他小白龍和小紅的故事，還要向他解釋，自己守了長白山一輩子，真正的意思……

「小綠啊，此山長白，願長相守，到白頭。」

（全文完）

少年文學60　PG2787

小紅與小綠：

採蔘人傳奇

作者／海德薇
責任編輯／喬齊安
圖文排版／陳彥妏
封面插畫／Kelly
封面設計／吳咏潔
出版策劃／秀威少年
製作發行／秀威資訊科技股份有限公司
114 台北市內湖區瑞光路76巷65號1樓
電話：+886-2-2796-3638
傳真：+886-2-2796-1377
服務信箱：service@showwe.com.tw
http://www.showwe.com.tw

郵政劃撥／19563868
戶名：秀威資訊科技股份有限公司
展售門市／國家書店【松江門市】
104 台北市中山區松江路209號1樓
電話：+886-2-2518-0207
傳真：+886-2-2518-0778

網路訂購／秀威網路書店：https://store.showwe.tw
國家網路書店：https://www.govbooks.com.tw
法律顧問／毛國樑　律師

總經銷／聯寶國際文化事業有限公司
221新北市汐止區康寧街169巷27號8樓
電話：+886-2-2695-4083
傳真：+886-2-2695-4087

出版日期／2022年9月　BOD一版　**定價**／300元
ISBN／978-626-95166-7-4

讀者回函卡

秀威少年
SHOWWE YOUNG

國家圖書館出版品預行編目

小紅與小綠：採蔘人傳奇/海德薇著. -- 一版.
-- 臺北市：秀威少年, 2022.09
面；　公分. -- (少年文學；60)
BOD版
ISBN 978-626-95166-7-4(平裝)

863.59　　111007776